搗蛋鬼日記（下）

小頑童加尼諾的倒楣故事

近一百年來最有趣的搗蛋傑作！

再版一百二十餘次！被譯成三十九種語言，暢銷全球。
一本絕對令你捧腹大笑的日記。
一次每個大人和孩子都不能錯過的快樂閱讀。
每個人都可以從本書中找回童年所有的快樂和委屈。

（義）萬巴 著
思閔 譯

快樂在「倒楣」邊緣——

一個男孩的搗蛋童年

蕭毛

有的書，大人才讀得懂；有的書，只有小孩子才喜歡讀。但是，還有一種書，卻是很多大人與小孩子都喜歡讀的。

《搗蛋鬼日記》正是這樣的一本書。

既然這是一本很多大人與小孩子都喜歡讀的書，我就不能只說一些大人才願意聽的話。爲了公平起見：我決定把序言分成兩部分，序號爲「1、2、3」的部分，是專爲小孩子們寫的；序號爲「一、二、三」的部分，是專爲大人寫的，請你們各取所需吧！

1. 故事從九歲開始

《搗蛋鬼日記》只是一本「簡單」的書，書中的主角「加尼諾」就像我們班裡的一個機靈的淘氣鬼一樣，那麼熟悉和親切，沒有任何距離。讀完第一段，你就可以明白這一點。

「好了，我已經把今天的日曆畫到我的日記本上了。今天是義大利軍隊進入羅馬的日子，也是我的生日。我把這兩句話寫在日曆上了，目的是讓那些來我家的朋友別忘記送禮物給我。」

那天，加尼諾收到了一大堆生日禮物。不過，他最喜歡的還是媽媽送的那一本漂亮的日記本。加尼諾開心了一會兒，卻煩惱起來，因爲他只寫出半頁，不知怎樣才能將它「塡滿」。想了半天，聰明的加尼諾想：「抄一段阿達姊姊的日記不是蠻好地嗎？」

於是，他從姊姊的日記中把這些話抄了下來：

「唉！要是那個小老頭再也不來我家就好了！可是今晚他又來了……我永

遠也不會喜歡他……」

晚上，那個「小老頭」眞的來了。看到加尼諾手裡的日記，他好奇地大聲念起來。起初，大家都大笑不止；念到加尼諾抄來的日記時，卻再也沒有人能笑出來了……最後，「小老頭」氣呼呼地走了；加尼諾的姊姊阿達哭了；全家人都責罵加尼諾，怪他把姊姊的男朋友氣跑了。

臨睡前，加尼諾在日記裡發誓，以後再也不抄別人的日記，只寫自己的事。在隨後的半年裡，加尼諾在他的日記裡記下了許多歡樂和傷心的事－儘管他只是一個九歲的男孩。於是，就有了這本書裡一系列關於加尼諾的精彩故事。

2. 搗蛋記趣

先講一個加尼諾想讓姑媽開心的故事。

加尼諾發現，姑媽很愛窗台上的那盆龍膽草，常和它聊天，希望它能早

點長高。那天早上，加尼諾特意起得比姑媽還早。然後，他掏空花盆，把龍膽草綁到一根小木條上，讓木條的尖端從花盆滲水孔中穿出，再將泥土塡滿，把花盆放回原處。接著，他蹲到窗外，握著小木條的一頭等候……

後來的事，請加尼諾自己來講：

五分鐘都不到，貝蒂娜姑媽就打開了窗子，開始與龍膽草聊起天來了。

「哦！親愛的，你好嗎？哦，可憐的，……你有一片葉子斷了……」

我躲在窗台底下，一動也不動，而且不能笑出一點聲來。

「你等一會兒，等一會兒，」姑媽接著說，「我去拿把剪刀……」

當她去拿剪刀時，我把小木條往上捅了一點。

「來了，親愛的！……」貝蒂娜姑媽回到了窗台邊。

突然，姑媽的嗓子變了聲，她叫了起來：「你知道我要對你說什麼嗎？你長高了耶！」

就這樣，爲了讓姑媽能「開心到底」，她每離開一次，加尼諾就把小木條往上捅幾下；驚喜過度的姑媽，後來嚇得只顧喊「啊」，直到花盆被加尼諾捅

翻，才恍然大悟，起身去拿棍子……

3. 快樂在「倒楣」邊緣

加尼諾的故事可眞多——你能想到嗎？他還曾將豬裝扮成鱷魚、把小孩子吊到樹上當猴子、在同學的椅子上抹黏鞋膠……這些事雖然帶給他快樂，但也爲他帶來了委屈……細節只好請你自己去讀了。

很久都沒有這樣笑過了——讀完《搗蛋鬼日記》後，我才意識到這一點。同時，心裡還有點慚愧，因爲，我的歡樂竟然多半都建立在加尼諾的「倒楣」之上。

書中，除「搗蛋」外，出現頻率最高的詞就是「倒楣」。我粗略地算了一下，「倒楣」一詞共在日記裡出現了三十餘次，如：

「我眞是生來就倒楣！」（九月二十一月）

「這次倒楣的旅行，弄得我渾身上下都是煤灰。」（十月十七日）

「唉，我的日記，我是多麼地倒楣！」（十月三十一日）

而且倒楣的事也是接踵而來，就像櫻桃一樣都連在一起，所不同的是，櫻桃受到人們的歡迎。依我說，倒楣的事最好一件一件來，否則我可受不了。（十二月五日）

至於近似的詞，更是難以枚舉，簡直讓人對書名產生了懷疑：是不是該叫做「倒楣蛋日記」呢？

當然不是，如果沒有不懈地「搗蛋」，「倒楣」又怎會「像櫻桃一樣都連在一起」？這就像我過去的老師常說的那樣：「你們千萬別忘了！腳上的泡，都是你們自己走來的！」

學習了辯證法之後，我才明白，「腳上的泡」，只是事情的一面，雖然不一定好，卻也未必不好，因爲「腳上沒泡」的人，一定是沒有走過遠路。沒走過遠路，又怎能見到好風景、遇到新奇的趣事、讓自己見識更廣？想不到，加尼諾年紀雖小，卻早早地懂得了這個道理，所以，他才要在「倒楣」的邊緣執著地尋求「搗蛋」的快樂。爲此，棍棒不能屈，錢財不能移：

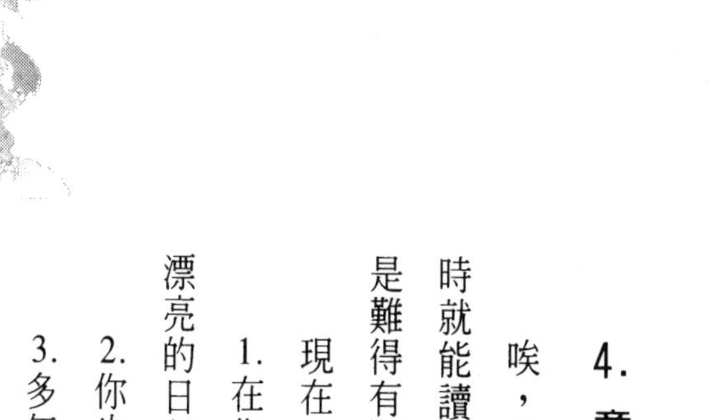

……

哦，眞該給這個孩子頒發一枚榮譽獎章！

4. 童年的秘密

唉，我是多麼地羨慕你——不管你是小學生還是中學生，因爲你在童年時就能讀到像《搗蛋鬼日記》這麼有趣的書——而我，初次讀它的時候就已是難得有閒的大人了。

現在，我想提幾個問題，你願意回答嗎？

1. 在你過九歲生日的時候，父母送了你什麼樣的生日禮物？其中，也有漂亮的日記本嗎？

2. 你也願意像加尼諾一樣，把童年的快樂與委屈都留在日記裡嗎？

3. 多年以後，你將怎樣開啓你童年的秘密？

在你思考答案的時候，我卻要暫時跟你說再見了，因爲我還需要向大人

們講加尼諾的故事。

「再見」總是一件很遺憾的事，因爲我們才剛剛認識。不過，下次再會時，要是你已經長大，變得我認不出來了，該怎麼辨？沒關係，將來再見的時候，只要你說出加尼諾的名字，我就能認出你，因爲我們都是加尼諾的朋友，有著一樣的快樂和委屈，有著共同的秘密……

* * *

（一）一本集「搗蛋」之大成的童書

提到義大利的日記兒童小說，我們首先想到的往往是亞米契斯著的《愛的教育》，因爲它是一本深受世界各國的兒童和大人喜愛的名著。可是，在一九二〇年，義大利又出現了一本與《愛的教育》體裁相同，風格迥異，內容更爲輕鬆，最後卻殊途同歸的日記體兒童小說——《搗蛋鬼日記》。

該書的作者是義大利著名的兒童文學作家和詩人，露易基・貝台利（一八五八—一九二〇），筆名萬巴，作品眾多，《搗蛋鬼日記》是其中最著名的一本。

一九〇六年，萬巴爲孩子們創辦了一份報紙，不久，開始在該報發表《搗蛋鬼日記》。這部小說以日記的形式，講述了九歲男孩加尼諾在半年裡闖下的一系列禍事，及其所受的委屈，因其內容輕鬆活潑、語言靈動幽默，深受廣大家長和孩子的歡迎，還曾被拍成電視劇和電影。「搗蛋鬼」加尼諾很快便成爲義大利家喻戶曉的人物，如同《木偶奇遇記》中的皮諾丘。從一九二〇年至今，該書在義大利本國已再版一百二十餘次，並被譯成三十九種語言發行，受到各國不同年齡讀者的熱愛。

從書名可以猜到，該書講了許多加尼諾的「搗蛋」故事。這類故事，孩子當然會感到「好玩」，成人爲什麼也喜歡呢？原因是多方面的：該書能開啓我們每個人的童年秘密，喚醒兒時的回憶，再現兒童的天性，同時，加尼諾的趣事也反映出現代家庭教育的種種問題，讓我們在歡笑之餘，得到深刻的反思……

（二）請聽聽孩子的心聲

的確，只要拿起《搗蛋鬼日記》，你就會讀到加尼諾的種種淘氣事，但是，它不僅僅是一本幽默的、童趣十足的兒童讀物，對我們來說，也是一面鏡子，能夠把我們在教育方面比較容易忽略的問題折射出來。加尼諾的確頑皮，但事情也不能都怪他，很多時候，他其實是很無辜的，比如這一次：

「我的好媽媽……總是教育我不要撒謊。她說只要撒一次謊，就要在地獄裡關七年。但是，有一天，裁縫來我家收工錢，她卻讓卡泰利娜對裁縫說她不在家。我為了不讓她到地獄裡去受苦，就趕緊跑到門口去大聲喊：『卡泰利娜撒謊，媽媽在家。』結果我得到的獎賞是，挨了一記響亮的耳光。」

不過，即便加尼諾只是「好心辦壞事」，卻還是一再受到家人的責打，因爲沒人願意聽或相信他的解釋。所以，他只能把心事講給自己聽：

「說起來難以相信，在我掉進河裡的一剎那，我……只是想講：這下子爸爸、媽媽、姊姊們將因爲他們身邊沒有我而高興了！他們將再也不會說是我

毀了這個家！他們再也不用叫我『搗蛋鬼』的外號了！」（九月二十一月）

「我親愛的日記，我有多少話要向你訴說啊！」（十月十二日）：

「我的日記、我太絕望了！當我被關在自己的小房間裡時，我感到只有把悲哀向你訴說，心裡會好受些。」（十月二十四日）

這些話，竟然出自一個九歲的孩子之手，實在令人心酸。如果大人們知道他的這些想法……不，不可能的，因爲那些大人們只願不斷地用粗暴的教育方式，把自己的孩子變得像別人家的孩子一樣聽話，卻不想抽空去聽一聽孩子的心聲。

(三) 修剪‖戕害

向來以童趣漫畫見長的豐子愷先生，一九四九年爲《護生畫集》創作了一幅名爲〈剪冬青聯想〉的「另類」護生畫：畫面的下半部分，畫著一個園丁用剪刀將冬青樹叢修剪整齊的場面，畫面的上半部分，畫著一群個體大小不一的人，一把更大的剪刀正在試圖將他們也修剪整齊，結果，除了一個矮

子，所有人的頭都被剪下一半或者大半……

從畫的寓意來看，它已超出護生畫的範疇，成爲一幅觸目驚心的諷刺畫了：人非草木，怎可一刀切？尤其是對孩子。可惜，許多大人都忽略或拒絕相信它——其中，既包括一些中國人，也包括加尼諾的家人。所以，等他們意識到「剪刀」也終有力竭的一天時，只能一片茫然，無所適從，就像加尼諾在日記中寫道的那樣：

「在家裡，大人連揍都不想揍我了。」（十月三十一日）

如果他們能從自己身上尋找原因，事情未必不會有好的轉機。可是，此時他們仍然不肯承認「孩子也是人，不能一刀切」這個最簡單的道理。那麼，後來的事情只能越變越糟……

加尼諾本來就不壞，但他的家人卻一定要把他改造成「一個與過去完全不同的好孩子」。於是，家人出於「好心」而改造他的所有努力，都成了對他的扭曲，招致了他出於純眞本性的激烈對抗，於是他的「搗蛋」也越來越離譜……

如果好壞的標準因人而異，謊言支配眞言，加尼諾怕是永遠也變不成大人眼中的好孩子。長大後，他要嘛變得憤世嫉俗，類似於《麥田捕手》中的霍爾頓，要嘛……

(四) 推行眞的「愛的教育」

孩子的本質是好的，卻無法自覺免受大人的「壞影響」，尤其是那些潛移默化的影響——有時，孩子的「搗蛋」原因即在於此。加尼諾身上所有眞正的缺點，幾乎都可以從他的家人、親戚、學校乃至社會找到根源，是這些多方面不良「身教」的結果。在《搗蛋鬼日記》中，有一個這樣的情節：

一天早晨，加尼諾把鳥從籠裡放出來，然後抱著貓在一邊看。一不留神，貓竄出去，咬死了小鳥。於是加尼諾把貓拎到水龍頭下，用水猛沖，「懲罰這隻殘暴的貓」。

在懲罰「殘暴」的貓時，加尼諾同樣「殘暴」，但他卻不覺得，因爲每次他犯錯後，總是受到類似的或是更重的懲罰。

過去，大人只相信「棍棒之下出孝子」、全然不顧棍棒下面的委屈，甚至鮮血。那些棍棒下的「孝子」，在成人後又對自己的孩子繼續新一輪的棒打，結果卻多半與加尼諾懲罰貓的效果近似。

再讀一讀加尼諾在日記中信手寫下的這句反思，我們的感觸將更深：「如果把自吹小時候怎麼怎麼好的爸爸也關在房間裡，罰他光喝清水和啃麵包，我敢打賭，他也會像我一樣去爭取自由的。」

表面上來看，多少年來，我們一直在推行「愛的教育」，但是，什麼才算眞正的「愛的教育」，孩子得到它了嗎？——讀了《搗蛋鬼日記》後，相信我們從中能得到不少啓發。

加尼諾語錄

我多麼高興我掉到河裡，多麼高興我經歷了淹死的危險！要不，我也不會得到這麼多的問候，聽不到這麼多的好話。

看來是不可能的，但又確實如此，這就是世上的男孩就知道幹壞事。要是今後一個男孩都不出生就好了，這樣，他們的爸爸、媽媽將會多麼高興啊！

姊姊們以為，男孩子的臉生來就是讓人搧耳光的……但她們不知道，當她們這樣做時，陰暗和報復的想法就在男孩子們的頭腦中產生了。

真的，我沒有一絲惡意，如果在場的人們勇敢一些的話，就會以一場大笑來結束。遺憾的是，孩子良好的願望從來就沒被承認過。

如果爸爸講的是對的話，那麼也就是說：我兩歲時幹的事也得算帳囉！

這樣將使他們懂得，孩子們有了錯應當改正，但不能靠棍棒。

如果把自吹小時候怎麼怎麼好的爸爸也關在房間裡，罰他光喝清水和啃麵包，我敢打賭，他也會像我一樣去爭取自由的。

大人們應該懂得，不要總是把什麼過錯都推到小孩子身上，並強迫他們承認這些過錯。

大人們多麼傲慢哪！但是，這次他們將發現，孩子們有時比她們判斷得更正確，而他們總認為自己什麼都是對的！

兩天裡我吃了八碗麵條湯……就是在鎮壓異教徒的時代，人們也沒有用這樣可怕的刑罰，來對待一個可憐的男孩子。

他們一唱一和，意思是：孩子應該尊重大人，而大人卻沒有義務尊重孩子……

一月二日

過新年了！

昨天的午餐多麼豐富啊！有那麼多五顏六色、各種各樣味道的甜食、露酒、葡萄酒和糖果呀！

元旦是多麼好，可惜太少了！要是我有權的話，我要制定一條法律，讓一月份至少過兩次年。我想瑪蒂苔夫人也一定會同意的。她昨天吃了許多甜餅，今天不得不喝一點加諾水。【加諾水：蘇打水，助消化用的。】

一月三日

馬爾蓋塞先生

昨天，我犯了一個大錯誤，不過我是被迫的。如果上法庭的話，我相信法官會減輕我的罪名，因爲這件事是馬爾蓋塞先生挑起來的，而他毫無道理。

這位馬爾蓋塞先生是位十足的花花公子，他也到貝羅西教授這兒來做電療。不過，他電療的方法跟我的不同，他做的是燈光浴，而我做的是按摩……

看來，貝羅西教授跟他說起過我坐汽車摔斷胳膊的事，所以每當我們在候診室碰到的時候，他就對我說：

「喂，小傢伙！什麼時候我們再同汽車賽跑去？」

他說這話時，帶有惡意嘲笑的味道，我都不知道怎麼去罵他。

我想，誰給了他這隻脫毛烏鴉的權利，來取笑我的不幸呢？難道我就不能回敬他，想個辦法教訓教訓他？……

我昨天報復了他，結果他被弄得狼狽不堪。

馬爾蓋塞先生做燈光浴的器械是一個不大的箱子。他坐在箱子裏一把特製的椅子上，除了腦袋露在箱子上方橢圓形的洞外，整個身子都關在箱子裏。箱子裏有許多紅色的燈泡。

人們說在箱子裏洗澡，可是人進去後同沒進去時一樣乾，或者比以前烤得更乾。

做燈光浴的房間離我做電療按摩的

房間很遠。我看見馬爾蓋塞先生進到那只箱子裏兩次。他要在裏面待上一個小時，護士才去打開箱子放他出來。

昨天，在他那間房間裏，我對他進行了猛烈的報復。

我帶著一顆從姐姐廚房裏拿的蒜到了診所。做完按摩後，我沒走，而是悄悄地溜進了做燈光浴的房間。馬爾蓋塞先生才進去後不久。果眞是如此，他的禿腦袋露在箱子外面，樣子滑稽得使我忍不住笑出了聲。

他驚奇地望著我，然後又用他慣用的嘲笑語氣對我說：

「你到這兒來幹什麼，爲什麼不坐上車去逛一圈？今天可是個好天氣。」

我火了，再也不能忍受了，我掏出蒜，在他鼻子下面和嘴巴的周圍用力地搓著。眞可笑，我聽到他的胳膊和腿在封閉的箱子裏亂動，但一點也沒辦法；他臉上露出哭笑不得的表情，想喊又喊不出來，因爲刺鼻的大蒜味幾乎使他窒息了……

我說：「如果可能的話，現在我要坐汽車去兜一圈了！」

我走出了屋子，關上了門。

今天早上我才知道，一小時後，護士要打開箱子放馬爾蓋塞先生出來時，看到他滿臉通紅，臉上儘是眼淚。於是護士趕忙叫來了貝羅西教授。教授一看這種情景，立刻說：

「這是神經病發作！快給他淋浴……」

馬爾蓋塞先生又被拉到水龍頭下，挨了一頓沖洗。儘管他大喊大叫地抗議著，但這只能使護士們更相信貝羅西教授的診斷：他得的是可怕的過分緊張的神經病。

後來，貝羅西教授很快就把事情的經過告訴了他的朋友——我的姐夫柯拉爾托，並懇求他別讓我再去那兒做電療按摩。柯拉爾托氣得發抖，對我說：

「你真行啊！……搗蛋鬼！才過完年就幹這種好事……。要是你繼續這樣的話，我親愛的，你就回家去吧，我已經受夠了！」

一月四日

今天，柯拉爾托醫生寫了封信給爸爸，用辛辣的語句，告訴爸爸我在這兒所有的惡作劇，要求快把我帶走。可是後來信沒有寄出，我的姐夫甚至連脾氣也不發了，他笑著對我說：

「這次事情過去就算了，我們也不提了，這也是爲了不讓你爸爸生氣……但你要注意，信還留在我辦公室的抽屜裏，要是你再鬧的話，我還要發出，而且新賬老賬一起算……記住！」

使我感到奇怪的是，姐夫態度的轉變，是發生在我幹了另一件錯事之後。看起來，他對我幹的後一件錯事還挺欣賞的。

事情是這樣的：

今天，像往常一樣，也就是吃午飯的時候，那個要治療說話帶鼻音毛病的斯泰爾基侯爵夫人又來了。這時我想，反正柯拉爾托已經寫信給爸爸（當

時我以爲他已經把信發走了），那麼我再開幾次玩笑也沒什麼大不了的。於是，我找了一個機會，跑到了候診室裏。

侯爵夫人正背朝我進來的那扇門坐著。

我躬著腰，輕輕地、輕輕地走近她的椅子背後，然後叫了聲：「喵嗚……」

侯爵夫人嚇得從椅子上跳了起來。她看見我蹲在地毯上，就說：「誰在那裏？」

「一隻貓！」我回答說。然後躬著腰，兩手撐著地，一蹦一蹦地像貓那樣跳起來。

我正等著侯爵夫人對我的這個動作做出什麼反應。不料，她以羨慕的表情看了我一會兒，然後彎腰把我扶起來，又是親我又是擁抱我，還用激動而顫抖的聲音對我說：

「啊，親愛的！啊！親愛的！我多麼高興啊，你讓我太高興了，我的孩子。噢……出乎意外地高興！再說一遍，再說一遍……再重複一遍剛才那奇妙的、使我感到安慰的聲音。它就像是一種甜蜜的祝願在我耳邊響起，這是我從未想到的、令人愉快的祝願……」

我不用她再懇求，又重新叫了一遍：「喵嗚！」侯爵夫人更加親切地擁抱我、吻我。我呢，爲了使她高興，又接連叫了好幾聲「喵嗚」。

我終於知道了她爲什麼那麼高興，原來侯爵夫人聽我再也沒有像第一次見到她時說話帶鼻音，以爲我的病被治好了。她反復地問我：

「你治了多長時間？什麼時候覺得好轉的？一天吸多少次藥水？洗幾次鼻子？」

起初我還回答她，到後來我被問煩了，就離開她走了，只是走到門口的時候，我又重新叫了一聲她愛聽的「喵嗚」。

正在這時，柯拉爾托醫生來了，他聽見我的叫聲，在走廊裏踢了我一腳，但被我巧妙地躲開了。他氣得用顫抖的聲音嘟嘟囔囔地說：「壞蛋！我禁止你上這兒來……」

在他進了候診室後，我本想經過走廊回到自己的房間，把門關上，以免再挨一腳。可是就在這時，我聽見他對斯泰爾基侯爵夫人說：「請原諒，侯爵夫人，這個小孩子缺少教養……」

可是侯爵夫人馬上打斷了他的話：

「你說到哪兒去了，我親愛的教授！我甚至都形容不出我自己有多麼高興。能夠看到你的治療在他身上產生了奇跡般的效果，我眞高興極了……這個孩子沒過多久就好了！……」

這時，候診室的談話停頓了一下，接著，我聽到柯拉爾托說：

「啊！是的……事實上他好得很快……您知道，他是一個孩子！但我希望您也能很快地好起來……」

我不願意再聽下去了，也不想回自己的房間，把門關上，而是到我姐姐那兒去了。我在她工作的房間裏找到了她，把剛才的事情講給她聽。

我們倆笑得多麼厲害啊！

正當我們笑得肚子疼時，柯拉爾托醫生也進來了，他也笑了起來……他再也不會寄信給爸爸了……

我姐姐對我說：「加尼諾，你保證了要學好，不是嗎？」

「是的，我再也不說謊了……對侯爵夫人也不說假話了。」我回答。

「喲！我們得注意，別讓他再碰上斯泰爾基侯爵夫人。否則的話，好事就要變成壞事了！」我的姐夫說。

一月五日

今天，我又遇到一件特別滿意的事。看起來，我姐姐家開始對男孩子公道一些了。

今天上午將近十點左右，那個做電療的貝羅西教授來了，我姐夫同他關起門在辦公室裏說話。我懷疑他們在談禿頂的馬爾蓋塞先生新的併發症，也就是談那個被關在那個做燈光浴的箱子裏、被我用大蒜擦鼻子的馬爾蓋塞先生。於是，就把耳朵貼在鑰匙孔上聽著……

說實話，這事要不是我親耳聽到，就是把全世界的金子都送給我，我也不會相信。

貝羅西教授一進辦公室就大笑著，向柯拉爾托說了以下的話：

「你知道我碰到什麼事了嗎？你知道，那個到我那兒做燈光浴的馬爾蓋塞先生，在你那兇暴的小舅子捉弄他之後對我說，他一生中身體從來沒有像那

天那麼好。他認爲全身感到有力量，是因爲做燈光浴時臉上被大蒜擦了的緣故……他要求我用最新的療法繼續幫他治療，所謂最新的療法，就是世界科學新聞中聞所未聞的採用燈光浴加大蒜摩擦。」

說到這兒，兩個人都大笑起來。幸運的是，他們的笑聲掩蓋了我的笑聲。

隨後，柯拉爾托講起了斯泰爾基侯爵夫人的事，他們又發瘋似的大笑不止。

我想，大人們總是因爲孩子們幹了某件事而責備他們。要是大人們能耐心地等上一段時間，看一下事情的結果到底怎麼樣的話，那麼不僅不會責備孩子們，相反卻應該讚揚他們，感謝他們幫了忙。

一月六日

主顯節萬歲！

今天早上，露伊莎到我房間裏來，送給我一隻肚子裏裝滿糖菓的布人。布人是一個小丑，好玩極了！柯拉爾托送給我一隻漂亮的鱷魚皮錢包。爸爸、媽媽給我來信說，家裏給我準備了使我驚訝的禮物，當我回家時就知道了……

對我來說，今天是最美好的日子。

主顯節萬歲！……

一月八日

我待在房間裏，等著爸爸來把我接走。因爲不幸的是，昨天柯拉爾托把那封告狀的信給爸爸寄去了，而且還加上了我最近惡作劇的內容。

惡作劇是柯拉爾托給一個可憐的男孩子由於命運逼迫而幹的不幸的事起的代名詞。命運似乎像開玩笑一樣，把一個正在努力給爸爸、媽媽和親戚好印象的孩子推向深淵。

俗話說，禍不單行。昨天我就遇到了一連串的災難。如果大人不是老那樣誇大事情的嚴重性的話，那麼他們應該把這一連串的禍事看成一件。

事情的經過是這樣的：

昨天早上，瑪蒂苔夫人出門後，我跑到她房間裏，看見了她鍾愛的那隻黑白毛的貓。貓叫瑪蓋利諾。

桌上放著一隻關著黃鸝的鳥籠子，這是瑪蒂苔夫人喜愛的另一件寶貝。

正如大家說的，她對動物非常好，卻容不得男孩子。這是很不對的，也是無法理解的。

還有，我絲毫也不能理解她這樣做有什麼好處。例如，把一隻鳥關在籠子裏面，而不是順著它的天性，放它到天空中自由飛翔。

可憐的黃鸝！它看著我，唧唧啾啾甜蜜地叫著，對我說著話，這種情景使我想起了二年級語文課本上讀過的課文：

「讓我也自由一下吧！我已經很多時候沒享受到它了。」

門和窗都是關著的，不用擔心黃鸝能逃走……我打開了鳥籠。黃鸝探了探腦袋，這邊瞧瞧，那邊看看，驚奇地發現籠門是開著的。於是，它終於決定走出了籠子。

我坐在一張椅子上，把貓放在膝蓋上，仔細地看著黃鸝的一舉一動。

大概因爲激動或是別的什麼原因，這隻鳥一出籠子，就弄髒了鋪在桌子上的那塊漂亮的繡花桌布。當時我想也許不太要緊，因爲瑪蒂苔夫人很容易把髒處洗掉的。

但是，貓大概把這件事看得很嚴重，想狠狠地懲罰這隻不幸的黃鸝，突然從我的膝蓋上跳起來，跳到靠近桌子的椅子上，又從椅子上跳到桌子上，把椅子都弄翻了。在我想阻止這場悲劇發生之前，貓一把抓住黃鸝，把它咬死了。

黃鸝被咬死了。從我這方面來講，爲了使瑪司蓋利諾今後遇到類似的情況不再犯錯誤，決意要懲罰這隻殘暴的貓。

瑪蒂苔夫人房間的隔壁是她的浴室。我站到浴室的椅子上，把冷水龍頭打開。接著，抓住拼命掙扎的瑪司蓋利諾的脖子，把它按到水龍頭下面沖。我用力搖著它，使它站不起來。

瑪司蓋利諾嚎叫著，在浴缸裏亂竄亂跳。結果，打碎了靠牆放的一個威尼斯花瓶。

這時，我想關掉水龍頭，但費了好大勁也沒關住。浴缸裏的水滿了，溢了出來，流到漂亮的地板上，但我無能爲力。水像條河一樣地流著，流進了瑪蒂苔夫人的房間裏。爲了不使自己的鞋泡在水裏，我連忙跑出浴室。

我在瑪蒂苔夫人的房間裏只待了一會兒，因爲我看到瑪司蓋利諾蜷縮在

桌子上，兩隻使人害怕的黃眼睛盯著我，好像隨時準備像咬死黃鸝那樣咬我。我害怕了，便走出房間並把門關上了。

在經過另一個房間時，我看到窗外有個金髮的女孩，正在下面的平臺上玩玩具。因爲窗子很矮，我就從窗臺跳了下去，熱情地想拜訪這個漂亮的女孩。

「哦！」女孩叫了起來，「你是誰？我知道柯拉爾托夫人家來了一個男孩，但還沒見過……」

我對她講了我的歷史，可以看得出她對我講的非常感興趣。後來，她領我進入平臺旁的房間裏，讓我看了她的洋娃娃，並告訴我這些娃娃都是在什麼場合下得到的，是誰給的等等。

突然，水從天花板上滴了下來。小女孩叫了起來：

「媽媽，媽媽！家裏下雨了！……」

女孩的媽媽進屋見到我很驚訝，問我是怎麼到這兒來的。我告訴她我是從窗子上跳下來的。她是個很講理的人，笑著說：

「啊！你是跳到平臺上來的！你眞是一個很快就要幹風流事的男孩子！」

我很有禮貌地同她說著話。後來，她對天花板上掉下越來越多的水感到不安。這時，我就對她說：

「不要害怕，夫人，不是家裏下雨……這水是從我阿姨浴室裏溢出來的，因爲我把浴室的水龍頭打開了……」

「唉呀，那麼你應該告訴上面的人……快！羅莎，快陪這位小朋友到柯拉爾托那兒去，告訴他浴室裏的水滿出來了。」

羅莎是位女傭人，她陪我到樓上，敲我姐夫傭人的門。但已經晚了，因爲瑪蒂苔夫人正好回來，她都看到了。

柯拉爾托的傭人叫彼特羅，樣子很嚴肅，聲音很低沉，從我到柯拉爾托家那天起，就對我很好。

「你看！」他對我說，他說話的嚴肅的口氣，使我從頭到腳發抖。「瑪蒂苔夫人最喜愛的有五件東西，可以說，她認爲這些東西是世界上最珍貴的：她養的黃鸝；她的黑白毛的貓，這隻貓是她親自從街上找來的，我來的時候它還很小；那只威尼斯花瓶，是她幼年時的女友送給她做紀念的，這位女友去年死了；繡花的絲桌布，她繡了六年，是準備送到卡布切尼教堂的祭臺上去的；她房間裏的地毯，是她叔叔旅行時從什麼地方買來送給她的……現在，黃鸝死

了；貓奄奄一息，直吐黃水；繡花的絲桌布弄髒了；威尼斯玻璃花瓶打碎了；那塊眞正的波斯地毯也毀了，被水泡得褪了色……」

他在講這些的時候話說得很慢，語調低沉而悲傷，就像在講一個發生在很遠的地方、很神秘的故事一樣。

我感到很沮喪，結結巴巴地問他：

「那麼，我應該怎麼辦呢？」

彼特羅接著說：「我要是處在你這種情況，馬上就跑回佛羅倫斯去。」

他用死氣沈沈的語氣，講得我直發抖。

總而言之，在我看來，他的建議是我唯一能逃脫窘境的辦法。

我想馬上逃走，當然，這樣做就不會碰到家裏任何人了。但是，我能把

每一頁都記載著我思想的日記留給敵人而逃走嗎？親愛的日記，我能拋棄你——我多災多難生活中唯一的慰藉嗎？

不，絕不能！

我悄悄地、悄悄地踮著腳走進樓上自己的房間，拿起帽子，提起包，回到了樓下，準備永遠離開我姐姐家。

但是已經來不及了！

正當我跨出家門口的時候，露伊莎抓住了我的胳膊，說：

「往哪裡跑？」

「回家去。」我回答。

「回家？回哪個家？」

「回我的家，回到爸爸、媽媽和阿達那兒去……」

「哪來錢坐火車？」

「不坐火車，步行還不成？」

「壞蛋！明天回家。柯拉爾托這時已寄信給爸爸了，信上只加了這幾句

話：『今天早上，搗蛋鬼在不到一刻鐘的時間裏，搞了好幾件惡作劇，這些惡作劇都可以寫一本書了。明天上午來把他接走吧，我將親自告訴你他的事。』」

我爲我遇到的不幸感到悲哀，沒有答話。

姐姐把我推到她的房間裏，她看到我這個樣子，起了憐憫心，用手摸著我的頭說：

「加尼諾，我的加尼諾！你怎麼一個人在幾分鐘裏闖了這麼多禍？」

「這麼多禍？」我哭泣著，「我什麼也沒幹……不幸的命運老是在作弄我，因爲我生來就該倒楣……」

這時，柯拉爾托進來了。他聽見了我最後的那句話，咬牙切齒地說：

「你還不是個災星？這些禍你應該回家去闖……但對我來說，倒楣兩字明天上午總算要結束了，從今後我家裏也就太平了！」

他的諷刺挖苦使我相當的生氣，眼淚不禁湧滿了眼眶。

「是的，我是禍星！可有時候，對我來說是做了壞事，結果呢，卻給別人

帶來了好處。例如那件關於馬爾蓋塞做燈光浴的事，貝魯西教授用我發明的大蒜治療法賺了很多錢……」

「誰對你說的？」

「反正我知道就是了。還有，例如斯泰爾基侯爵夫人那件事，是我使她相信你能治好她的鼻音病……」

「住口！」

「不，就要說！正因爲這些事使你們得到了許多好處，所以你才沒把信寄出，沒讓我爸爸、媽媽生氣！事情總是這樣的：當孩子做壞事對你們有利時，你們總是顯得非常寬容。可是當我做了某件事，而且是出於好心才闖的禍，例如今天早上的事，這時你們就把一切都歸罪於我，絲毫沒有一點憐憫心……」

「什麼？你還堅持說你今天幹的事是出於好意？」

「當然！我是爲了使那隻在籠子裏被關煩了的黃鸝享受一會兒自由。難道鳥一出籠，弄髒了瑪蒂苔夫人的繡花桌布是我的過錯？貓要懲罰它，向黃鸝撲去，難道貓這麼凶要吃掉黃鸝是我的過錯？貓吃了黃鸝，我拎著它的脖子到水龍頭下面沖它……難道它肚子裏灌了水、打碎了威尼斯玻璃花瓶都是我的過錯？由於我擰不住浴室裏的水龍頭，水漫到了房間裏，把瑪蒂苔夫人的波斯地毯弄褪了色，也是我的過錯？還有，我經常聽人家說，眞正的波斯地毯是不會褪色的，如果地毯褪色，就意味著它不是波斯地毯……」

「什麼？不是波斯地毯！」這時瑪蒂苔夫人走進了我姐姐的房間。她像小孩子一樣嚷嚷說：「這是污蔑！你敢污蔑我叔叔帕羅斯佩羅的人格？他是一個正派人，難道會送給我一塊冒牌的波斯地毯……啊！這是褻瀆，我的上帝！……」

瑪蒂苔夫人把胳膊肘撐在櫃子上，雙眼望著天，擺出一副悲哀的姿態，那姿態給我的印象是如此之深，以至我能像照片一樣地重新把它畫出來，那時，我眞覺得好笑！

「我們走！」姐姐發火了，「我們不想聽別人誇大其詞！加尼諾並不想貶低你叔叔的人格！」

「說我叔叔欺騙我，送我假的波斯地毯，不是侮辱我叔叔的人格是什麼？難道別人說你往臉上塗胭脂也是假的?!」

「不！」我姐姐諷刺她說，「這不是一回事，因爲地毯畢竟是褪了色，而我臉上的紅暈卻沒褪色。謝謝上帝，永遠不要變成黃色……」

「上帝，看你說得多認眞！」瑪蒂苔夫人越來越讓人討厭，她大聲嚷道：「我打一個比方，我絲毫不想說你在臉上塗胭脂了，如果你的小弟弟不告訴我他姐姐當姑娘時，盥洗室裏有胭脂的話……」

她說到這，我感到後腦勺上挨了一巴掌，這肯定是姐姐打的。我跑回我的房間裏關上了門。在房間裏，我聽見兩個女人還在外面大吵大鬧，聲音一

個比一個響。在吵架聲中，每每聽到柯拉爾托徒勞地想平息這場爭吵的聲音：

「不要這樣……，是啊，……請你聽我說……但你想一下……」

我待在房間裏，一直待到彼特羅來叫我去吃飯。吃飯時我坐在柯拉爾托和露伊莎當中。他們輪流看著我，好像我是一隻不停運動的球一樣，不知道什麼時候就飛了。

今天早上吃飯時，他們還是像昨天那樣輪流看著我，吃完早飯，彼特羅把我領回房間裏等爸爸。爸爸的看法肯定跟這裏的人一樣，以爲事情糟透了。

彼特羅告訴我，從昨天開始，瑪蒂苔夫人和露伊莎彼此再不說話了……據說，這次吵架也是我的過錯。好像我姐姐兩頰紅潤，阿姨面孔蠟黃，都是我造成的。

一月九日

我在馬拉利律師家裏。

我說不了話來，我的思緒很亂，無法在日記上敘述昨天的情景。

昨天的情景如同一場悲劇，但不是達努齊奧演的悲劇。那種悲劇媽媽看一場就受不了，儘管姐姐們責備她，說她所以這樣是因爲不是知識份子。我的情況卻不同，是一場眞正的悲劇。這場悲劇可以取名爲「小強盜」或是「自由的犧牲品」，因爲我所以落到這種地步，畢竟是爲了給一隻可憐的黃鸝一會兒自由，而瑪蒂苔夫人卻把它整天關在籠子裏。

昨天上午，爸爸到羅馬來帶我回家。毫無疑問的，柯拉爾托向他描繪了一番我所幹的惡作劇。自然他沒有講斯泰爾基侯爵夫人的事，和用大蒜給馬爾蓋塞治病的事。

爸爸聽完後說：

「我對他沒辦法了！」

一路上，他沒同我說一句話。

在家裏，我見到了媽媽、阿達，她們都流著眼淚擁抱我，不斷發出這樣的埋怨：

「唉，加尼諾！……哦，加尼諾！……」

爸爸把我拉開，帶我到我的房間裏，用平靜的聲音冷冰冰地對我說：

「我已經對你沒辦法了，明天到寄讀學校去。」

說完，關上門就走了。

一會兒，馬拉利律師和我姐姐來了。他們左說右說，希望爸爸改變主意，但是爸爸卻只是重複著這句話：

「我不願再看見他！我不願再看見他！」

必須對馬拉利律師說句公道話，他是個打心底裏維護弱者、反對進行迫害和採取不公道做法的人，他總是記住別人給他的好處。他回想起我曾打傷他眼睛的事件，對爸爸這樣說：

「這個孩子幾乎打瞎了我的眼睛，後來在我同維琪妮婭結婚時，他毀壞了客廳的壁爐，差點把我們給埋了。但是，我也不能忘記，我同維琪妮婭的婚事，正是由於他才成的……後來，他在學校裏替我說話，反對說我壞話的加斯貝羅．貝魯喬……我知道這件事情。這說明加尼諾是一個有感情的孩子。不是這樣嗎？因此，我替他祝福……我們必須看到他的本質：例如，雖然他在羅馬闖了禍，但應該看到，他的動機是好的，他想給一隻鳥自由……」

馬拉利律師多有才幹啊！……我在房外聽到他這番雄辯的話後，再也抑制不住自己的感情，跑進去喊著：

「社會主義萬歲！……」

我撲到維琪妮婭身上哭泣著。

爸爸笑了起來，但又板著臉說：

「好吧！既然社會主義主張每個人在世上都應有自己的快樂，那麼，律師爲什麼不把他接到身邊過一段時間呢？」

「爲什麼不行呢？」馬拉利說，「我敢打賭，我有辦法讓他成爲一個有見

識的孩子……」

「你高興了吧！」爸爸說，「不管怎樣，我不願再見到他。既然這樣，我的目的也達到了，你就把他帶走吧！……」

他們就這樣達成了協定：我從家裏被趕出去，放到馬拉利家觀察一個月。在他家我要從頭開始，以表明我骨子裏不是像人們所說的那樣不可救藥。

* * *

我家客廳的壁爐著火事件發生後，維琪妮婭和她的丈夫就出去進行蜜月旅行。旅行回來後，他們住在非常舒適的中心區。我姐夫把他的律師事務所也設在家裏。事務所單有大門，通過一間放櫃子的房間同家裏相通。

我有一個房間，窗子面對著院子。它雖然小，但很雅致，我住得很舒服。

家裏除了我姐姐、馬拉利外，還住著馬拉利的叔叔威納齊奧先生。他是不久前住到他侄子家來的。他要住上一段時間，因爲他認爲這裏的氣候更有

利於他的健康。但我看不出他的健康表現在哪兒。他是一個衰弱的老人，耳朵聾得必須用「小號」同他講話，他的咳嗽聲就像敲鑼一樣響。

不過，人家說他非常有錢，對他照顧要特別周到。

明天我要回學校去了

一月十日

此刻，我在用作家埃特蒙特・德・阿米切斯的筆調寫日記。因爲今天上午學校裏出現的場面，會讓人像小牛犢一樣悲傷地哭。

我剛進教室，就聽到一陣喧嘩，全班同學都盯著我。

當然，我對自己作爲驚險的撞車事件的主角出場，感到非常滿意。我得意的是，全班從高到矮，沒有一個同學經歷過我所遇到的危險……

但是我錯了，還有一個同學和我一起撞車……他正從座位上用手支撐著桌子，艱難地站起來，拄著拐杖朝我走來。

我突然覺得全身發軟，思想亂得像一團亂麻，剛才那種想著當英雄的虛榮感馬上都消失了。我感到喉嚨像被什麼噎住了，臉色像死人般的刷白，不由自主地說著：

「哦，可憐的切基諾！哦！可憐的切基諾・貝魯喬！」

這時，我同切基諾抱頭痛哭，一句話也說不出來。全班所有的同學也都流出了眼淚，甚至連「肌肉」老師——他剛開始說到「大家不許……」時便不出聲——也傷心地哭了。

可憐的切基諾！儘管進行了各種治療，但他的腿仍然斷了，將終身成爲跛子。

唉，我的日記，你相信不？當我看到他拄著拐杖，變成了這個樣子，眞是感慨萬分。幾乎被我忘記了的撞車前的危險景象，又浮現在眼前。我認識到：我們頑皮男孩經常喜歡冒險，實際上絲毫沒有什麼意義。

當然，我不會向切基諾再要那十個鋼筆尖和一支紅藍鉛筆了，雖然那是我打賭贏的。

一月十三日

我的姐夫的確是個出色的人，他總是把我當成大人一樣，從不指責我。他經常說：

「加尼諾本質上是個好孩子，將來會成爲有成就的人。」

他看到我寫日記，非常驚訝，拿起我的日記翻翻，發現了我畫的畫。他說：

「你看，你很有繪畫的才能，而且在進步……你比較一下前後的畫，進步多大！不錯，加尼諾，我們將使你成爲藝術家！」

這些話使一個男孩子很高興。爲了表示我對他爲我所做的一切是多麼感激，我決定送他一件禮物。但是，我連一分錢都沒有，所以想去找有錢的威納齊奧先生借兩個里拉。

*　*　*

今天吃午飯時，馬拉利還在談我的日記。

他問維琪妮婭：「你看過他的日記沒有？」

「沒有。」

「讓加尼諾給你看看，你能在日記上看到我們所有的人，畫得十分像！加尼諾眞是個藝術家！」

我非常高興，拿走了日記，只讓姐姐看畫，但我不准他們讀它，因爲我不願意讓別人知道我的思想。

儘管我不准維琪妮婭看日記，可是當她看到一張畫時，卻叫了起來：

「啊，你看，這裏有幅是關於我們在聖・弗朗切斯科・阿・蒙台教堂舉行婚禮的畫！」

聽到這話，我姐夫撲向日記，他非要看那幅我坐在馬車後面橫檔上去教堂的畫，以及另一幅關於我突然在教堂出現使得大家非常意外，我責問他們爲什麼不告訴我結婚消息的畫。

在讀完這篇日記後，馬拉利對我很親熱，他說：

「加尼諾，你聽著，你應該讓我高興……你不是答應過我嗎？」

我回答說：「是的。」

我的姐夫接著說：「那好，你答應我把這幾頁從你日記上撕下來……」

「這可不行！」

「怎麼，你不是說過『是的』嗎？」

「但是，請原諒我先問一下，你爲什麼要撕掉這幾張？」

「我要燒掉它。」

「爲什麼要燒掉它？」

「因爲……因爲……因爲我知道，而一個孩子卻不能知道。」

這就是唯一的原因！由於我已經發誓要變成好孩子，只好忍痛讓他撕。不過我心裏實在納悶，爲什麼要從我日記中撕去這部分內容？我認爲這種做法很不好，使我很不愉快。

馬拉利撕下了幾頁他在聖・弗朗切斯科・阿・蒙台教堂舉行婚禮的日記，把它揉成一個團，扔進了壁爐裏。

當我看到那揉成一團的日記有一角被火燃著時，非常難過，但我馬上又注意到，由於紙團揉得很緊，火沒燒透就熄滅了。這時我很高興，我的心跳得非常厲害，生怕火再燒到紙團。幸好火最後也沒燒到馬拉利扔的那個地方。

當沒人注意時，我很快從壁爐裏把紙團撿了起來，藏進衣袋裏。現在我小心翼翼地打開紙團，用膠水把它們粘在原來的地方。

只有一頁紙的角被燒掉了，字和畫都沒有燒著。我為又完整地得到了它們感到高興。這樣，我所有的思想，好的、壞的、美的、糟糕的，按時間順序又都保存下來了。

我要去向威納齊奧先生借錢了。

不過，他會借給我嗎？

*　　*　　*

我找到一個好機會：馬拉利在他辦公室裏，我姐姐出去了。我拿起喇叭筒，對著那位威納齊奧先生的耳朵大聲地叫著說：

「請你借給我兩個里拉好嗎？」

「筐子能走嗎？什麼筐子【義大利語中，里拉和筐子的讀音有些近似，威納齊奧的耳朵聾了，所以聽錯了。】？」他問我，他是沒聽清楚。

我又重新用力叫了一遍，他回答說：「小孩子不應該借錢。」這次他懂了。

於是，我說：「維琪妮婭說你是個吝嗇鬼對啦！……」

聽見這話，威納齊奧先生從安樂椅上坐了起來，他開始嘟噥著：

「啊，她說什麼？這張壞嘴巴！唉，天曉得！……要是她有許多錢的話，肯定都會花在穿戴上！唉，她說我

吝嗇鬼？唉！唉……」

爲了安慰他，我經過考慮後告訴他，馬拉利朝她瞪眼睛了，事實上也確實是如此。他聽後很高興，說：

「我侄子說了她了？不錯！我要說句公道話，我侄子是個很好的青年，他對我一直很有感情。他說了些什麼？……」

「他對她說，是的，我叔叔是吝嗇，但他這樣可以留給我們更多的錢！」

威納齊奧先生的臉變得像火雞一樣紅，說話開始結結巴巴，好像挨了誰一拳似的。

「勇敢些！」我對他說，「大概是中風了！馬拉利總是說，遲早你要癱瘓的……」

他朝天伸出雙手，嘟噥了一番，最後從衣袋裏掏出了錢包，拿出一枚兩個里拉的錢幣給我，並說：

「給你兩個里拉……今後我會經常給你錢，我的孩子，而你得告訴我我侄子和你姐姐說了我些什麼……我非常喜歡聽這些事！你是個好孩子，永遠說

眞話是好事！……」

這倒不錯，不說謊能賺錢。

現在我要考慮買什麼禮物送給我的姐夫，他是值得我送禮物的。

一月十四日

馬拉利的秘書不是個年輕人，而是一個老猶豫不決的老頭。他總是坐在門口的桌子旁，兩腳之間放只腳爐，從早到晚謄寫和複寫著同樣的東西……

我不明白他爲什麼不感到膩煩，也許是他熱愛自己的工作。

然而，我的姐夫卻非常信任他，經常派他去作一些很難辦的事。看他那副傻乎乎的樣子，我簡直不相信他能把事情辦好。

如果馬拉利有頭腦的話，當他需要一個受過點教育而又聰明的人去辦事時，應該找我。這樣就能讓我慢慢地熟悉律師事務，把我培養成一名律師。

我非常希望成爲像馬拉利那樣的人，到法庭上去，爲那些像我這樣出於好意但由於倒楣，可能被迫上法庭受審的人辯護。在法庭上，我要發表精彩的演說，竭盡全力（我認爲我比姐夫說起話來更有勁）讓原告無話可說，痛斥剝削階級的權勢，使正義得到伸張，像馬拉利經常說的那樣。

有幾次，我發表演說讓那個當秘書的安勃羅基奧聽，他的看法同我一樣。

「馬拉利律師將取得成就，」他對我說，「你要是成爲律師的話，會在他的律師事務所裏得到個好職位的，而且也會取得成就。」

今天，當我開始練習講演時，我的姐夫出門了。安勃羅基奧放下他的腳爐，從坐椅上站起來，對我說：

「加尼諾先生，能幫我照顧一下嗎？」

我回答說可以。於是他對我說，他要回家去一趟，因爲有一些重要的文

件忘在家裏了，他去取了就回來……

「在我回來之前，你不要離開，有誰來的話，你叫他等一下……請你在這兒別出去……能讓我放心嗎？加尼諾？」

我跟他說保證照辦。

我把腳爐也放在兩腳之間，手上拿起筆。

安勃羅基奧走後沒多久，來了一個農民。他的樣子很滑稽，夾著把雨傘，兩隻手不停地轉著帽子。他對我說：

「這是什麼地方？」

「你找誰？」我問他。

「我是找馬拉利律師的……」

「律師出去了……我是他的內弟。你有什麼事儘管跟我講，……就像跟他本人講一樣。你是幹什麼的？」

「我是誰？我是比阿諾・德洛爾莫地方的農民科斯托。大家都知道我，而且叫我傻子科斯托，以免同附近農場的另一個科斯托叫混。我是農民協會的會員，每個星期繳兩個里拉的會費。我們的秘書可以證明這一點，他會記賬，他不是像我們這樣倒楣的農民……我到這裏來參加審判那次罷工騷亂事件的。審判再過兩天就要開始了，我是證人，檢察官要我去他那兒回答問題。但是在去他那兒之前，我先到這兒來，是要聽聽馬拉利律師的意見……」

我忍不住要笑，不過終於忍住了。我用非常嚴肅的口氣問他：

「事情的經過是怎樣的？」

「啊！事情是這樣的，當遇到士兵時，我們開始亂了起來。過了一會兒，基基・馬托、切科・梅萊達向他們扔了石頭，這時士兵就開槍了。但是我應該對檢察官怎麼說呢？」

簡直是動物了。我沒想到一個農民會愚蠢到這種地步，怪不得大家都叫

他傻子科斯托！證人在法庭上要說眞話，百分之百的眞話，一點假話都不能說，這個道理連一歲的孩子都知道。對於這種人，我能說些什麼呢？

我對他說，應該把事情的經過原原本本說出來，其他的事我姐夫會考慮的。

「但是，比阿諾・德洛爾莫的夥伴們讓我否認扔過石頭這件事！」

「因爲他們像你一樣的無知和愚蠢。你照我跟你說的去做，不要對任何人說起到過我這兒來了，你將看到事情會很順利的。」

「啊！……你是馬拉利律師的內弟？」

「是的，我是他的內弟。」

「同你談話跟同他談話不是一回事？」

「是一回事。」

「這樣我就放心了。我將原原本本地把事實說出來。再見，謝謝你。」

他走了。我對自己很快地替姐夫處理事務感到滿意。我想，如果經常這樣地練習，一方面能給顧客以有益的建議，同時又是多麼好玩啊！……

我好像覺得自己生來就是個律師……

當安勃羅基奧回來時，他問我是否有人來過，我回答他：

「來過一個傻子……但我讓他走開了。」

安勃羅基奧微笑著，回到了他的座位上，把腳爐放到兩腳之間，拿起筆又開始在蓋了章的紙上寫了起來……

一月十五日

威納齊奧先生是個古怪的人，我同意這一點，但他的品質是好的。譬如說，他對我就很熱情，經常說我是一個誠實的孩子，聽我說話感到很痛快。非常奇怪的是，他喜歡打聽家裏所有人的情況，打聽誰說了他些什麼，爲此，他每天給我四個里拉。

例如今天早上，他對家裏人叫他什麼外號很感興趣，我就告訴了他一些有關的情況。我的姐姐維琪妮婭叫他吝嗇的守財奴，返老還童；馬拉利叫他吝嗇叔叔，還經常叫他「老不死」，因爲他總也不死；甚至女傭人也給他起了外號，叫他水果凍，因爲他總是發抖。

「不錯！」威納齊奧先生說，「總的來說，在所有人中，女傭人對我最熱情，我將會報答她的。」

說著，他像瘋子一樣地笑著。

我已經想好了送給我姐夫什麼禮物了。我要替他買一隻放在寫字桌上的文件夾，他現在用的夾子很髒，還儘是墨水印跡。

此外，我要買兩個鞭炮，拿到平臺上去放。我十分快樂，我終於成了爸爸、媽媽所希望的好孩子了！

一月十七日

昨天上午我遇到了一件好笑的事。我出去爲馬拉利買了一隻文件夾，並買了兩個鞭炮，回來經過會客室時，看見安勃羅基奧不在，他那只腳爐留在辦公桌下。這時，我想跟他開個玩笑，就把兩個鞭炮埋到腳爐的灰裏。

眞的，要是我能估計到後果的話，就不會同他開這個玩笑了。我的天哪，沒想到事情鬧得這麼大！

不過，從今以後，我在開玩笑前一定要好好考慮一下後果會怎樣，爲的是再不要發生類似昨天的事。別人都說，我開的玩笑儘是惡作劇。

這事的確鬧得很嚴重，但我知道沒有什麼危險。說來簡直笑死人了。

我知道安勃羅基奧像往常一樣，早上要去廚房清爐灰，就特別注意他。突然我聽到了東西的落地聲和一聲大叫，這時我姐夫和在辦公室談話的兩個顧客連忙跑向會客室。維琪妮婭和女傭人也跑來了，他們都不知道發生了什麼事。但是，當大家跑到一塊時，爐裏發出一聲更響的爆炸聲，嚇得大家東奔西逃。只剩下安勃羅基奧一個人嚇軟了，躺在桌子下面嘟噥著：

「怎麼從來沒有過？怎麼從來沒有過？」

我想使他勇敢些，便說：

「沒有什麼危險的……真的！我想，可能是我放在爐子裏的兩個鞭炮……
……」

可憐的安勃羅基奧一點兒也不明白，我說的話他連聽都不聽。可這時馬拉利同其他人來到了門口，正朝裏面探視著。

「好啊！」馬拉利晃著拳頭喊著：「是你！在用鞭炮嚇人？你是不是發誓要毀掉我的家？」

我爲了給他壯膽，對他說：

「不，不是的，你放心好了。一隻腳爐是不會毀掉家的……不會的。你看到了嗎？主要是你們太害怕了……」

我的姐夫臉都氣紅了，他大聲說：

「什麼害怕不害怕的，你是一個壞蛋！我倒不怕這個……但我害怕你待在我們家，因爲你是個災星，弄不好早晚要把我殺了……」

聽到這話，我哭了，跑回自己的房間。過了一會兒，姐姐來了，她訓了我一個小時，最後原諒了我，並答應說服馬拉利不要把我送回家，以免被送到寄讀學校去。

爲了感謝馬拉利，今天早上在他未到辦公室之前，我把我買的一個新的文件夾放在他的寫字臺上，把他那個舊的扔進了壁爐。

我希望他看到我送給他的禮物後會很高興。

* * *

今天我想了一整天，我要改掉愛惡作劇的缺點，要開一個不會有任何嚴重後果、也不會給任何人帶來害處的玩笑。

我到了威納齊奧先生那裏。附帶說一下，我跟他說了昨天的事情，他很感興趣。我趁他不注意時，把他放在桌子上的眼鏡拿走了。接著，我回到了會客室，趁安勃羅基奧到馬拉利辦公室談話的工夫，把他放在桌子上的眼鏡也拿回了我的房間。

我弄斷了一支鋼筆尖做成了一個螺絲刀，用它擰鬆了鏡片，然後把安勃羅基奧的鏡片換到威納齊奧的金絲框上，把威納齊奧的鏡片換到了安勃羅基奧的鋼絲框架上，換完後把螺絲擰得同以前一樣緊。

我幹活幹得如此之快，以至我把兩副眼鏡放回他們各自的桌上時，無論是威納齊奧還是安勃羅基奧，都沒有發現自己的眼鏡曾經有一會兒不在桌子上。

我只是想看看，這個肯定不會被看作是惡作劇的玩笑，結果會怎樣。

一月十八日

我越來越相信，一個男孩子要預料自己所幹的事的後果，是非常困難的。因爲連最平常的玩笑也會變得特別複雜，甚至會造成不可想像的後果。

昨天晚上，當安勃羅基奧回到他寫字桌邊時，出現了一件令人驚訝的事。他反復檢查了眼鏡，並且確信每個零件都沒有毛病後，往鏡片上哈了幾口氣，用土耳其麻布手帕仔細擦著鏡片，然後把眼鏡架在鼻樑上。突然他發出了一聲尖叫：

「唉呀，我的上帝！唉呀，我的上帝！什麼鬼纏住我啦？我什麼也看不清了……啊呀！我知道了……這全是昨天嚇的！我看我的病是很重了……我眞可憐！我完了！……」

他跑到馬拉利那兒，非常沮喪地要求馬拉利同意他馬上離開辦公室到藥店去，因爲他感到自己快站不住了，肯定是生了什麼嚴重的病。

這是我開玩笑的後果之一。另一個後果更稀奇更複雜。

今天上午，威納齊奧先生躺在安樂椅上，要看他訂的《晚郵報》，這張報紙來晚了。當他戴上眼鏡後就叫了起來：「啊呀！我的眼睛看不清了……啊呀！我的視力模糊了……我頭暈……喂！來人！請馬上把醫生叫來……快去把公證人也叫來，我要口述遺囑……」

這時家裏亂成一團。馬拉利跑到叔叔的身邊，把小喇叭筒放在他的耳朵上，對他說：

「不要緊，叔叔……我在這裏，不要害怕！這裏有我呢……不要害怕，這是一時的發暈……」

但是威納齊奧閉上了眼睛，他顫抖著，而且越抖越厲害。

醫生來了，他診斷說，病人已沒救了。醫生這麼一說，使得馬拉利很緊張，他再也安靜不下來，只是不斷地說：

「不要緊，叔叔……我在這裏！」

爲了結束這場悲劇，我趕快跑到會客室，拿起安勃羅基奧的眼鏡（他昨

天丟在桌子上沒拿走），想給威納齊奧戴上，這樣，他會奇跡般地立即好起來。可是當我取了眼鏡回來時，門已關上了。我聽見門外馬拉利和維琪妮婭在說著話。

馬拉利似乎很快活，他說：「叔叔對公證人說，事情很好辦……你懂嗎？這是一個好徵兆，因爲他說遺產的問題沒有什麼麻煩……」

我伸手去開門，馬拉利攔著我說：

「……不能進去，裏面有公證人……正在口述遺囑……」

隨後，因爲來了顧客，我姐夫就回辦公室了。維琪妮婭也走開了，她讓我留在那兒，等公證人一出來就叫她。

但我卻沒這麼辦。當公證人出來後，我進了威納齊奧先生的房間，拿起小喇叭，對他說：

「不要相信醫生的話！你是嚇壞了，所以用你自己的眼鏡什麼也看不清……可能是視力減退了。請用安勃羅基奧的眼鏡試試看，他的比你的度數深……」

我把眼鏡架到他的鼻樑上，又把《晚郵報》放到他的眼前。威納齊奧先生看了看報紙，馬上就平靜了下來。接著他又把兩副眼鏡比較了一下，便擁抱我說：

「我的孩子，你眞是個奇才！你的聰明遠遠超過你的年齡，你將來肯定要成爲一個有名的人……我的侄子在哪兒？」

「他剛才在門外，現在到辦公室去了。」

「他說了什麼沒有？」

「他說，要是你口述給公證人的遺囑很簡單，那就是一個好徵兆，因爲它意味著沒有很多麻煩事。」

聽了這些話，老頭子一陣大笑，我相信他從來沒有這樣笑過。後來，他把他的金絲眼鏡送給了我，這是我向他要的，因這這副眼鏡對他一點用處都沒有了。他說：

「這將是非常有意思的事！現在我唯一遺憾的一件事是：當我死後，我不能重新活過來參加公證人公佈遺囑……否則我要笑死了！」

＊　＊　＊

安勃羅基奧回來後非常憂慮，因爲醫生對他說，他得了嚴重的神經性恐懼症，醫生囑咐他不要抽煙，要絕對地休息。

這個可憐的人說：「我想，我什麼事也幹不了啦！我需要工作來維持生活，我怎麼能休息呢？我多麼倒楣啊！不准我抽煙，難道我這一輩子就連一根煙也不能再抽了嗎？」

但是，我消除了他的種種不安。我把威納齊奧的金絲邊眼鏡遞給了他，對他說：

「你戴這副眼鏡試試，你將看到你的神經性恐懼症馬上會消失了……」

應該描繪一下安勃羅基奧是多麼地高興，他看上去快活得像個瘋子！他想知道究竟是怎麼回事，我簡短地對他說：

「這副眼鏡是威納齊奧先生送給我的，現在我送給你。你有了這副眼鏡，就不要去找你那副眼鏡了！……」

一月十九日

昨天，馬拉利發脾氣發得很怕人！

他發脾氣首先是衝著我，因爲當公證人從威納齊奧先生房間裏出來後，我沒有告訴他。其次，他非常納悶，因爲他不能解釋他叔叔的病爲什麼又好了，莫名其妙地突然好了。而醫生對他說，威納齊奧先生病得非常嚴重。

今天早上，他的脾氣比昨天更壞，跟我完全翻了臉，原因是我把他的舊文件夾扔到壁爐裏燒了，給他放上了一個非常漂亮的、邊上鍍金的新夾子。這就是我對他一番好意得到的報答！

據我後來知道，舊文件夾中夾有非常重要的文件，缺少了它們，馬拉利便寸步難行。

幸好已經到了上學的時候，我便溜走了，剩下他跟安勃羅基奧生氣。

當我從學校回來後，我發現我姐夫的脾氣比上午更壞。

威納齊奧先生告訴我姐夫，是我用安勃羅基奧的眼鏡治好了他的病；後來安勃羅基奧也對我姐夫說，我用威納齊奧的眼鏡治好了他的病。

「我要弄清楚這到底是怎麼回事？」馬拉利瞪著眼對我說。

「這跟我有什麼關係？」

「太有關係了！爲什麼我叔叔用他自己的眼鏡，什麼也看不見，戴上安勃羅基奧的眼鏡就看見東西了？爲什麼安勃羅基奧戴上自己的眼鏡，什麼也看不清，換上威納齊奧的就看得清？」

「誰知道！你應該問眼科醫生去……」

說到這裏，安勃羅基奧走進來嚷嚷道：

「一切都清楚了，你看到這副眼鏡螺絲上的印子嗎？看到這些痕跡我才明白這鏡片原來是我的……只不過安到了你叔叔的金絲架上了……你明白了嗎？」

經他這麼一說，馬拉利大吼一聲，朝我衝來，伸手就要抓我，但我閃得比他還快，連忙跑回房間把門關上了。

難道把兩副眼鏡的鏡片換一下，也是惡作劇嗎？

誰能料到因爲開了這麼一個玩笑，就把安勃羅基奧和威納齊奧先生嚇成這樣？

難道醫生因爲這件事說威納齊奧沒救了，把安勃羅基奧診斷成嚴重的神經性恐懼症，也是我的過錯？

*　　*　　*

現在，我又被關在自己的房間裏了。

我用一根小棍子、一根線和一根彎曲的針，做了一副釣魚工具，在小水盆裏釣著剪成的魚來消磨時光……

一月二十日

今天上午，維琪妮婭爲我說服了馬拉利。看來，他不像起頭威脅我的那樣，非要把我送回家去。

「但要好好留神他，」他跟姐姐說，「注意他的品行！我已經後悔把他帶到家裏來了。這將是最後一次……只要他再犯一次錯誤，我就要對他不客氣了。」

一月二十一日

我傷心地哭泣著，由於絕望而自己抓自己的頭髮……昨天我的禍闖得是那麼大，而且是一個接著一個。我都嚇傻了，好像在做夢一樣。

讓我一件一件來說吧。

毀了我的第一個原因是我太愛釣魚。

昨天，我剛從學校裏回來，就回到房間裏拿起我前天做的那副釣魚竿，跑到威納齊奧先生的房間裏。我想在他的小水盆裏釣魚，逗他樂。

遺憾的是威納齊奧先生睡著了。他睡覺是那樣的古怪：腦袋靠著安樂椅的靠

背，張大嘴巴喘著氣，出氣的聲音很輕很尖。

這時，我改變了主意。安樂椅後面有一張桌子，我搬了一隻小板凳放在桌子上，自己爬上桌子坐在小板凳上，開始在威納齊奧先生的嘴巴上面假裝釣魚玩。我把魚線伸到他的頭上方，把鉤子懸在他張大的嘴上面……

我想，要是他突然醒來的話，一定會非常吃驚！

倒楣的是他突然打了一個噴嚏，打完噴嚏便低下了頭。誰知鉤子不知怎麼進了他的嘴巴裏，他卻閉上了嘴。當時我沒有察覺到鉤子已經在他嘴裏，只是憑著釣手的本能，用力把魚竿往上一提……

一聲尖叫傳來，我驚奇地發現鉤子上釣了一顆牙！

就在這一剎那，我害怕極了，扔下魚竿，跳下桌子，飛也似的跑回自己的房間。

過了一會兒，我的姐夫和姐姐來了。姐姐跟在姐夫後面對他說：「馬上讓他回家，但不要打他！」

「打他？我真想宰了他！」馬拉利回答說，「不，不！我至少要他知道，

他來我家一星期闖了多少禍！」

他站到我面前，一面仔仔細細瞧著我，一面用平靜的口氣慢慢地對我說話。他這種平靜的神態，比他前幾次大聲吼叫更讓我害怕。

「你懂嗎？現在我也終於相信你應該去寄讀學校了……我告訴你，我肯定不再爲你辯護了……你看，我認識許多流氓無賴，但是你幹壞事的本領比他們更高明……要不然你怎麼會想到要割斷我叔叔威納齊奧的舌頭，並帶走了他一顆牙齒？這顆牙齒是鉤在一隻彎曲的大頭針上的。你爲什麼要這樣做？別人不知道，但你應該清楚。我叔叔現在說什麼也要離開我家，他說我家裏不安全。這樣，由於你闖的禍，我將失去一筆數目可觀的遺產。這筆遺產要不是你的話，可以肯定說，我是可以得到的。」

馬拉利擦掉汗，咬了咬了嘴唇，然後又慢吞吞地說：

「你把我毀了。你聽著，還有一件事，可惜我是到了法庭上才知道的。那樁案子已經完全失敗了，它標誌著我事業和我政治生命的毀滅。你在四五天前曾同一個叫傻子科斯托的農民說過話？」

「是的。」我承認了。

「但你對他說了些什麼？」

這時我覺得我做的這件好事可以贖我的過失，我得意洋洋地說：

「我對他說，在法庭上應該講眞話，全都講眞話，不能有半點假話，就像我看到的總理文告上一開頭寫的那樣。」

「果眞是這樣！他果眞是這樣說的！科斯托說，被告向士兵扔了石頭，結果被告被判了罪，你知道嗎？而我，一個辯護律師因爲你而失去了事業！因爲你，反對派的報紙猛烈攻擊我；因爲你，我們黨在那個地方的威信下降了……你知道嗎？你現在高興了吧？你滿意你的所作所爲了吧？你還想幹什麼呢？你還想毀掉誰？還想闖什麼禍？我告訴你，你還可以待到明天早上八點，因爲現在把你送回家時間太晚了。」

我一點都不明白，爲什麼禍會闖得這麼大，我的身子都軟了。

馬拉利說完後無精打采地走了。我的姐姐罵了我一聲「災星」，也走了。

是啊，我是災星，我是倒楣，但更倒楣的是同我打交道的人……

* * *

已經八點了，親愛的日記，馬拉利在辦公室等我，將把我送回爸爸那兒。爸爸也會馬上把我送往寄讀學校。

有誰比我更不幸啊！

但不管我的前途是多麼不幸，我的眼前總是浮現出昨天從威納齊奧先生張開的嘴巴裏鉤出牙齒時的情景，我忍不住笑了起來……

一月二十二日

我剛有點時間寫上幾行。

我在蒙塔古佐的皮埃帕奧利寄讀學校裏。我藉口要從旅行箱裏取換洗的內衣，一個人留在屋子裏，以便寫上幾行日記。

昨天上午，馬拉利把我送回了家。他跟爸爸講了我幹的使他倒楣的所有事情，爸爸聽完後只說了這幾句話：

「我早就料到了，情況果眞是這樣。他的旅行箱以及去皮埃帕奧利寄讀學校所需的用品，我早就替他準備好了。我們馬上就出發，趕九點四十五分的車走。」

我的日記，我都沒有勇氣描寫同媽媽、阿達、卡泰利娜分別時的情景……大家都哭得那麼傷心，就是現在一想起來，我都忍不住要刷刷地掉眼淚……

可憐的媽媽！在分別的時刻，我體會到了她對我是多麼的好。現在，離開她那麼遠了，我又感到我是多麼想念她……

好了，情況是這樣：在乘了兩個小時火車和四個小時馬車後，我到了這裏。爸爸把我交給了校長，臨走前對我說：

「希望來接你時，你能變成一個同過去完全不同的好孩子！」

「我能變成個不同於現在的好孩子嗎？」

校長老婆來了……

* * *

他們替我換上了學校的灰色制服和士兵戴的貝雷帽。上衣有兩排銀色的扣子，褲子鑲著黑紅兩色的邊。

這身制服使我神氣極了。但是，皮埃帕奧利寄讀學校的制服不帶軍刀，這對我來說是一個很大的遺憾。

一月二十九日

我親愛的日記，一個星期了，但我一行字也沒有寫！我有多少傷心落淚的事要告訴你，又有多少滑稽的事要寫……

在這裏，在這監獄一樣的寄讀學校裏，從來不能單獨行動，就連睡覺也不例外。任何人都沒有自由，哪怕是一分鐘、一秒鐘的自由……

校長叫斯塔尼斯拉奧先生。他又瘦又乾癟；長著兩撇斑白的小鬍子，生氣時鬍子就會抖動；長長的黑髮貼在腦門上，給人一種大人物的感覺，不過，是過去的那種大人物。

他像軍人一樣，說話總是帶著命令的口氣，還瞪著可怕的眼睛。

兩天前他對我說：「斯托帕尼，今天晚上，今天晚上罰你只吃麵包和喝水！站到左邊去！……」

這是怎麼回事呢？因爲在通往體操房的走廊裏，我用煤在牆上寫了「打

倒暴君！」幾個字，使他大大出乎意料。

後來，校長老婆對我說：

「你是一個不講道德的骯髒的人。骯髒是指你弄髒了牆，不講道德是因爲你反對設法讓你好好改正錯誤的人。我倒要聽聽，你指的暴君是誰？」

校長

我不慌不忙地回答說：「一個是費台裏戈．巴爾巴羅沙，另一個是卡列阿佐．維斯科迪，還有一個是拉德斯基將軍，再就是……」【這幾個人都是義大利歷史上的暴君。】

「你這個缺少教養的！馬上回教室去！」

這個校長老婆什麼也不懂，她無法指責我罵祖國歷史上的壞人。從這次以後，當我譏笑她時，她連眼皮都不眨一下。

校長老婆傑特魯苔夫人長的模樣，跟校長截然不同：矮矮胖胖的，鼻子紅紅的，經常大聲地喊叫，講一大套的廢話；她沒有一分鐘安靜的時候，東跑跑，西顛顛，到處訓話，訓的都是老一套。

給大家上課的老師對校長和校長老婆很順從，就跟他們的僕人一樣。每天早上，法語老師來時，要對他們說早上好，甚至還要吻一下傑特魯苔的手，晚上還得向他們道晚安。數學老師臨走時，總是對斯塔尼斯拉奧說：「校長先生，聽您的吩咐！」

校長老婆

我們寄讀學校一共有二十六個學生，八個大的，十二個中不溜的，六個小的。我是所有學生中年紀最小的。二十六個學生分別睡在三個緊挨的寢室裏，但都在一個大食堂裏吃飯。關於吃飯，一天是兩頓，早晨吃的是咖啡牛奶泡麵包，沒有黃油，只有一丁點糖。

第一天吃飯，當我看見大米粥時，便說：

「不錯，大米是我非常愛吃的……」

坐在我身邊的一個大孩子（因爲我們是一大一小，一個挨一個坐在桌子旁的），叫蒂托．巴羅佐，是那不勒斯人，他發出一陣大笑，對我說：

「一個星期後你就再不說這話了！」

當時，我一點都不明白，但現在我完全懂得這句話的含義了。

我到這兒已經七天了，除了前天，也就是星期五以外，天天都喝大米粥，一天兩頓……

我感到惱火，想吃點麵條湯了。以前我是那麼討厭它，而現在如果見到它的話，我眞會欣喜若狂的！……

唉！我的媽媽，親愛的媽媽，你經常讓卡泰利娜給我做麵條加魚肉，我非常喜歡吃。如果你知道你的加尼諾在寄讀學校裏，一個星期被迫要喝十二頓大米粥，該多生氣啊！

二月一日

天剛亮我就醒了，趁我的五個同伴還在蒙頭大睡時，我繼續在我親愛的日記上寫下我的回憶。

在過去的兩天裏，有兩件事值得提一下：一件是我被關了禁閉，另一件是我發現了做瘦肉湯的秘密。

前天，也就是一月三十日，吃完午飯，我同蒂托．巴羅佐正在聊天，另外一個名叫卡洛．貝契的大一點的同學把他叫到一邊，低聲對他說：

「小房間裏有煙霧……」

「我知道！」巴羅佐對他擠擠眼睛說。

過了一會兒，他對我說：「再見，斯托帕尼，我要去學習了。」說完就跟貝契走了。

我心裏明白，他所說的「學習去了」，不過是好聽和客氣的托詞，其實巴

羅佐跟著貝契進了一間小房間。我好奇地跟著他們，心裏想：

「我也要去看看『煙霧』。」

來到一扇小門口，他倆閃了進去，我一推門也進去了……啊，全明白了。

這是一間擦洗煤油燈的小房間。一邊有兩排煤油燈；另一個角上有一隻盛煤油的鉛桶，桶蓋上放著破布頭和刷子。四個大同學看著我，面帶怒色。我看到大同學馬里奧·米蓋羅基正想把什麼東西藏起來……

但是藏也沒用，滿房間的煙霧，一聞就知道他們在吸托斯卡納雪茄。

「你爲什麼到這兒來？」貝契以威脅的口氣問我。

「哦，眞行！我也到這兒來吸煙。」

「不，不！」巴羅佐搶著說，「他不會吸……對他身體會有害的。而且他要吸的話，事情就暴露了。」

「好吧，那麼我看你們吸。」

馬烏裏齊奧·德·布台說：「要是他……就壞了……」

「請你放心，我從來不做告密的事。放心吧！」我知道他想聽我說這句話。

這時，總是很小心地把手藏在身後的米蓋羅基拿出了一根點著了的雪茄，放在嘴上貪婪地吸了兩三口，遞給了巴羅佐，巴羅佐吸後又遞給了米蓋羅基。這樣傳了好幾圈，直到雪茄燒得只剩下一個煙頭，房間裏彌漫著嗆人的煙霧……

「打開窗子！」貝契對米蓋羅基說。

米蓋羅基打開了窗子。這時德．布台說：

「卡爾布尼奧來了！」

他急忙跑出了門。其餘三個也跟著出去了。

我不明白卡爾布尼奧這句話的神秘含義，使勁琢磨著，後來終於悟出這句話是危險的信號。可是等我走出房門，卻同斯塔尼斯拉奧先生面對面相遇了。他一把抓住我胸口的衣服，把我朝後一推，吼著：

「都在這裏幹什麼？」

我覺得沒有必要回答他，因爲他一走進房間就會明白是怎麼回事。這時，他瞪大著眼睛，氣得兩撇小鬍子都在顫抖。他說：

「好啊，在吸煙，在吸煙，在哪兒吸煙？在儲藏煤油的屋子裏吸煙會把學校燒掉的！誰在吸煙？你吸了嗎？讓我聞聞……哼！」

他彎下身子，嗅了嗅我的嘴，他的臉離得我那麼近，以至他灰色的小鬍子把我刺得癢癢的。我照他的命令長長地吐了一口氣，他站起來說：

「你沒有吸，因爲你還小。大同學吸煙了……他們在我進走廊時逃走了。告訴我，他們都是誰？快說！……」

「我不知道。」

「什麼？你不知道？！剛才你們是在一塊兒的！」

「是的，同我在一塊……但是我沒看清他們……你看，煙這麼多……」

我的話把斯塔尼斯拉奧的小鬍子又氣得顫抖起來。

「好哇！你敢這樣回答校長的話？禁閉！禁閉！」

他抓起我的胳膊把我拖走，並叫了一個值星官的，對他說：

「禁閉到他認錯！」

* * *

禁閉室的大小同放煤油燈的房間差不多，但要比它高半截。屋內有一個通風的窗子，窗子上橫著一根鐵欄杆。這鐵欄杆給人一種監獄的淒涼感。

房間用粗鏈條鎖著，我獨自被關在裏面，直到傑特魯苔夫人來。她訓斥了我很長的時間，大講如果煙頭碰到了煤油的話，就會引起火災。她還說了一大堆好話，她用動人的嗓子要我說出事情的眞相，並保證不會懲罰那些吸煙的人。但是爲了全體學生的利益，學校要採取防範措施……

我當然繼續對他說我什麼也不知道，就是把我關上一個星期，我也不可能說什麼。此外，在這裏喝水和吃麵包要比被迫一天吃兩頓要強一些……

校長老婆怒氣衝衝地走了，臨走前用演戲的腔調對我說：

「你願意這樣，那你就待著吧！」

房間裏又剩下我一個人。我躺在房角的小床上，沒過多久就睡著了。因爲時間已經很晚，而我由於多次激動也累了。

第二天早上，也就是昨天早上，我醒來時心情很愉快。一想到自己的處境，我的思想就回到了那黑暗的時代。當時，義大利的愛國者們寧願坐牢也不向德國人出賣自己的同伴。我感到很高興，巴不得房間比他們的更窄小更潮濕，並且還得有幾隻老鼠。

雖然我的房間裏沒有老鼠，卻有幾隻蜘蛛。我想訓練一隻蜘蛛，便學著像西爾維奧．貝利科【西爾維奧．貝利科：義大利歷史上的愛國者。】那樣努力地教它，可是沒有結果。我搞不懂，是那時的蜘蛛比現在的聰明呢，還是寄讀學校裏的蜘蛛比外邊的傻。那隻該詛咒的蜘蛛老是不聽我的命令，我非常生氣，一腳把它踩死了。這時我又想，要是能從窗外招來幾隻麻雀的話，一定能很容易地教會它們。可是窗子是那樣的高……

怎樣才能爬上那扇窗子？我左思右想，可怎麼都想不出一個辦法來，眞是急死人！

我把床拖到窗子底下，從衣袋裏掏出一段繩子，接在褲帶子上……但是，它們加起來的長度還不到從窗到床距離的一半。我又脫下襯衣，把它撕成條，搓成繩子，再接到原來的繩子上。現在繩子相當長了，我拿著它，瞄準窗子朝上扔去。由於必須讓繩子繞過窗上的鐵欄杆再垂下來，長度又不夠了。

於是，我又脫下了內褲，把它撕成條，搓成繩子，接了上去。這樣，我的繩子足以使我能爬上窗子了。

我把繩子的一頭拴在一隻鞋子上，左手握住繩子的另一頭，開始用右手把鞋子往窗欄杆上扔。

我扔了許多次都沒成功，累得渾身是汗，最後終於使鞋子繞過了欄杆。我小心翼翼地抓住繩子頭抖動著，讓鞋子往下降……

多高興啊，我終於抓住了繩子，爬上窗臺，蹲了下來。我向天空致意，我從來沒感到天空像現在這樣的清澈和美麗！

突然，我聞到一股煎東西的香味，這香味是從下面飄來的，非常好聞……原來，窗下正是廚房的小院子，院子的角上有一隻盛滿開水的鍋。

這時，我想起今天是星期五——神聖的吃瘦肉湯的日子。這瘦肉湯是夾在十二頓大米粥之間吃的，它使我們的胃感到非常滿足。這出色的瘦肉湯是那樣的好吃，似乎裏面包含著世界上味道最美的東西……

我感覺到嘴巴裏在流口水，一陣巨大的悲哀滲進了我可憐的五臟六腑…

……

幸好這巨大的痛苦一會兒就過去了，因爲我發現了寄讀學校著名的瘦肉湯的秘密，我的食欲瞬間就消失了。

我蹲在窗臺上，看見廚房的小夥計一會兒跑到院子裏來一次。小夥計很年輕，看樣子是新來的，因爲廚子不斷地指示他：這事這麼做，這樣幹，拿到這兒來，拿到那兒去；還教他怎麼洗碗洗盤子，洗完後放到哪兒……

「昨天的髒盤子放在哪兒了？」廚子問夥計。

「照您說的，放在木架上了。」

「好，現在你把盤子放到昨天和前天洗的那個鍋裏去洗，鍋裏熱水的溫度要適中，然後像上兩次那樣撈出來放到清水裏去涮一下。」

小夥計把所有的髒盤子搬到了院子裏，兩個兩個地放在盛熱水的鍋裏涮，涮完後取出來，一個一個地擦乾，並用右手的手指把油膩摳去……

當他擦完最後一個盤子後，夥計把手伸進了鍋裏，說：

「眞是一鍋好湯！挺稠的！」

「好！」廚子從廚房裏走了出來，宣佈說：「這就是他們的瘦肉湯。」

夥計瞪大著眼睛，跟在窗臺上的我一樣驚訝。

「什麼？今天的肉湯？」

「當然！」廚子跑到鍋旁解釋著：「這就是星期五加餐的瘦肉湯。所有的學生都非常喜歡吃，裏面什麼味都有……」

「我的媽呀！我已經在裏面連續洗了兩天盤子了……」

「你來以前，這鍋水也已經洗了兩天盤子了……總之，從星期天洗到星期四，老用這鍋水。不久你就明白了，到星期五，這就不是一鍋水而是一鍋讓人垂涎三尺的湯！……」

「你說得對，」夥計吐了口吐沫說，「可我連沾都不願意沾一下這肉湯。」

「傻瓜！」廚子說，「你以爲我們也吃這號東西？我們吃的是另一種特殊的湯，是替校長和校長夫人另做的……」

「噢！」夥計舒了長長的一口氣。

「現在幹吧！把鍋端到火上，麵包已經烤好並切成片了。你學學這門手藝，不過可不要張揚啊！我已經跟你說過了，廚子不能把鍋臺上的事告訴別人，懂嗎？」

他倆一個站到鍋這邊，一個走到鍋那邊，抓住鍋把抬起來。但是當夥計彎腰時，他那沾滿厚厚一層油膩的貝雷帽掉進了鍋裏。他一陣大笑，撈起帽子，把水擰在鍋裏說：

「你瞧，現在這鍋水比剛才更有味道了！」

看到這種情景，我又是噁心又是憤怒，馬上就脫下腳上另一隻鞋子，使勁朝鍋裏扔去，大聲地說：

「豬囉！現在把這個也加進去！……」

廚子和夥計轉身朝上一看，都嚇得魂不附體。我看到他們四隻瞪得老大的眼睛，正以一種可笑而又驚慌的神色望著我。

我接著罵了他們一連串該罵的話，直到他們驚慌地、狼狽地逃進廚房。

幾分鐘後，我房間的小門被打開了，傑特魯苔夫人側著身子進了房間。

她太胖，不側著身子是進不了門的。她嚷嚷道：

「唉，眞要命！唉呀，怎麼回事？……掉下來要摔死的！……看在上帝份上，斯托帕尼，告訴我，你爬到窗臺上去幹什麼？」

「哼！」我說，「我在看他們怎麼做星期五的瘦肉湯……」

「你說什麼？你瘋了？……」

這時進來一個値日生，他搬來了一把梯子。

「靠到那邊去，讓這個搗蛋鬼下來。」傑特魯苔夫人緊張地命令著。

「不，我不下去！」我抓住鐵欄杆回答說，「如果你們還要關我禁閉的話，我就待在上面，因爲上面空氣好……還有，我也可以學習學習寄讀學校的廚子是怎麼做瘦肉湯的！……」

「下來！你不知道我來這兒正是爲了放你出去的。不過，希望你學好和聽話。你要不下來的話，我的孩子，要出事的！……」

我好奇地望著校長老婆。

「爲什麼突然放了我呢？」我琢磨著，「難道是因爲我不肯講出在儲油室

裏吸煙同學的名字嗎？……噢，我明白了！他們這樣做，是想讓我不把發現瘦肉湯的秘密告訴我的同伴。」

不管怎麼說，我也沒有理由蹲在窗臺上，於是我扶著梯子走了下來。腳剛落地，傑特魯苔夫人就立刻命令值日生把梯子搬走，然後拉著我的胳膊，用傲慢的口氣對我說：

「在窗臺上時你說到瘦肉湯，是怎麼回事？」

「我要說今後我再也不喝瘦肉湯了。你看著吧，我寧願星期五喝大米粥也不喝它，除非給我喝那種爲你和校長先生做的特殊的肉湯……」

「你說什麼？你不願再喝……告訴我是怎麼回事……把一切都告訴我，知道嗎？」

於是，我簡單地向她講了我在禁閉室窗臺上看到和聽到的一切。使我驚訝的是，傑特魯苔夫人對我所說的情況很感興趣，她說：

「我的孩子，你說的情況是非常嚴重的……你要小心！這問題關係到廚子和夥計兩人將失去工作……你好好想一下，你說的全都是眞話嗎？」

「我說的全是眞話。」

「那麼，你去向校長報告！」

她把我帶到校長辦公室。斯塔尼斯拉奧先生坐在堆著一堆書的寫字臺後面。

傑特魯苔夫人對校長說：「斯托帕尼有一個關於伙食方面的嚴重情況，要向你報告。」

我從頭到尾地把我看到的情況又說了一遍。

我非常驚訝。看上去校長也被我的報告激怒了。他叫來值日生，命令說：

「叫廚子和夥計到我這兒來。快！」

過了一會兒，他們兩人都來了。我又第三次從頭到尾敘述了我所看到的一切……但是奇怪的是，事情並不像我預料的那樣。在我有力的揭露下，他們倆不是驚慌失措，而是一陣大笑。廚子對斯塔尼斯拉奧說：

「請原諒，校長先生，你看這事可能嗎？你應該知道，我是個喜歡開玩笑

的人，由於我這個夥計是新來的，我便用開玩笑的方式使他喜愛這一行……這位小先生講的情況應當說都是眞的，但是正如我對你說的那樣，這些話全是開玩笑的話……」

「好吧！」校長說，「我要立刻去視察一下廚房，這是我的責任。你帶我去……你，斯托帕尼，你在這兒等著我……」

於是，他像軍人一樣，大模大樣地邁著步子出去了。

當他回來時，他笑著對我說：

「你把看到的這些情況都告訴了我，你做得對……但是，幸好事情果眞跟廚子說的一樣，是開玩笑……你儘管放心去吃你那美味的瘦肉湯好了。你要學好……去吧！」

說完，他輕輕地拍了一下我的臉蛋。

我非常高興和自信地回到我的同伴中去，他們正好從教室裏出來。

過了一會兒，我們都到食堂裏去吃飯，巴羅佐，我前面提到過的那個學生，坐在我旁邊。他緊緊地在桌布下握著我的手，小聲地對我說：

「斯托帕尼，好樣的！你眞行……謝謝！」

當瘦肉湯端上來時，我的第一個反應是厭惡，但廚子的話又使我信服……再說這時我感到很餓……當我嘗了這湯時，應該承認這湯味道確實很鮮美。看來，這樣鮮美的湯用那種噁心的方法去做，是不大可能的。

我本想把我從廚房院子裏看到的和去校長辦公室的經過告訴巴羅佐……但是，傑特魯苔夫人總是在我身邊轉來轉去，眼睛一刻不停地盯著我。我想，她監視我的原因是爲了看看我是否喝瘦肉湯，是否把上午發生的事告訴了同桌的夥伴。

後來，在休息和遊戲時，傑特魯苔夫人也還在繼續對我進行特別監視。不過，她不能阻止貝契、德・布台和米蓋羅基對我表示祝賀。他們說，儘管我年紀最小，卻寧願關禁閉也不告密，這使得他們都願意把我當成朋友，並且同意吸收我加入一個名叫「一人爲大家，大家爲一人」的秘密組織。

對我的特別監視一直持續到昨天晚上吃晚飯的時候。我想大概是由於我的舉動和表情，使校長老婆以爲我已經忘掉了那件事了。

於是，我把經過情況詳細地告訴了巴羅佐。他考慮問題是非常認眞的，他想了一下，對我說：

「我的想法也許是錯誤的……但是在我看來，校長審問廚子和夥計這一場戲，是故意演給你看的。」

「什麼？」

「他們肯定是在做戲。我們可以這樣來分析：你看到他們做瘦肉湯後，廚子馬上去校長和他老婆那兒報告了。爲了維護共同的利益，他們立刻想出了應付的辦法：那就是平息這場風波，並在你腦中抹去你所看到的那　景象。於是，他們要廚子一口咬定說是開玩笑……與此同時，校長老婆就把你從禁閉室裏放了出來。聽了你的講述後，她假裝很生氣，把你帶到校長那兒；接著校長又假裝生氣地審問了廚子和小夥計；廚子則說這些話都是玩笑話……你對這一切都相信了，並像往常那樣品嘗了『美味』的瘦肉湯……現在他們認爲事情已經平安地過去了。你把這些情況告訴我巴羅佐是對的，因爲我比你有經驗，並會把這些情況告訴秘密組織……」

爲了這件事，休息時，我們秘密組織決定開個會來討論怎麼辦……起床號已經響了，我必須很快把你——我的親愛的日記藏起來！

* * *

我們聚集在院子的一個角落裏。秘密組織「一人爲大家，大家爲一人」的會議開得很成功。

這張畫是我在臨睡前畫的，它畫著我們討論時的嚴肅情景：我左邊是主持會議的巴羅佐，緊挨著他的是馬里奧・米蓋羅基，我右邊的是卡洛・貝契，米蓋羅基和貝契當中的是馬里奧・德・布台。

大家先爲我鼓掌，因爲秘密組織成員們在儲油室裏吸煙的那天，

我寧願關禁閉也沒說出他們的名字。後來，他們又爲我發現瘦肉湯的秘密再次鼓掌……總之，我被當作一名英雄，爲大家所欽佩。

通過討論，大家的意見逐步得到了統一：爲了發現星期五的瘦肉湯是不是用涮盤子的水做的，從明天起，在吃完飯後，每個人在盤子裏放上點什麼東西，使得涮盤子的水變色……

德・布台說：「我們需要一些苯胺【苯胺：一種化學顏料。】！」

卡洛接著說：「這事由我來辦，我曾在放化學製品的房間裏見過這東西。」

「好極了，那麼明天我們就開始幹。」

我們握著手分散開時，一個人伸出手來說：

「大家爲一人！」

另一個就緊握住他的手回答說：

「一人爲大家！」

我爲自己參加這個秘密組織而高興，但又有些矛盾。我親愛的日記，我

是否能把一切都寫在你上面呢？我已經發誓不把秘密告訴任何人……不過，我想對你說是可以的，因爲你是我忠實的朋友，我寫完後就把你放好，把你鎖在我的箱子裏。

我裝內衣的箱子放在小衣櫃裏。小衣櫃實際上就是個壁櫥，在床頭的上方。床旁還有一個床頭櫃。

在寄讀學校裏，每個學生都有一個同樣的壁櫥，櫥門可以鎖上。

前天晚上，當其他人都已入睡，爲了把日記放回箱子裏，我鑽進了壁櫥。在壁櫥裏我忽然聽見了講話聲。

我覺得非常奇怪，就豎起耳朵聽著。沒錯，聲音是從牆那邊傳來的……我聽到好像是傑特魯苔的講話聲。

這牆一定是非常單薄的。

二月二日

試驗開始了。

在午飯前，卡洛・貝契分給我們每人一個小紙包，包裹裝的是像沙一樣細的苯胺。

正好今天是星期天，我們吃加調料的魚和蛤蜊。我們秘密組織的成員在吃剩的盤子裏，各放上一粒苯胺。由於每人有兩個吃剩的盤子，所以今天共有十粒苯胺帶進了廚房。

到了晚上，我們又在盛菜的髒盤子上放上一粒苯胺，這樣，一天之內就把十五粒顏料送進了廚房那口著名的鍋裏了……

「你知道，」巴羅佐對我說，「儘管從現在起到星期四，我們一天只放一粒（因爲只有那種盛菜的油膩盤子才沾得住苯胺），那麼，還可以把二十五粒苯胺送進廚房。苯胺加起來一共有四十粒，已經足夠染紅星期五那頓瘦肉湯

了……讓斯塔尼斯拉奧調查後再說是開玩笑吧！」

「這樣我們將喝紅色的湯啦！」

「不！情況很可能是：在一個星期內他們都沒有注意到水的顏色在一天天加深，只有在星期五上午當他們準備做那著名的湯時才發現。」

「那時候他們將做另外一種湯了！」

「肯定的。他將很快地設法做大米粥……這樣，如果星期五不是按慣例做瘦肉湯的話，就說明……過去的瘦肉湯正是用涮盤子的泔水做的。到那時候我們就造反。」

巴羅佐多能幹啊！他能預見到一切，能回答一切問題，總是……

現在，我的日記，我要把你放回箱子裏去了……你知道接著我要幹什麼嗎？我這裏有把鑿子，是今天休息時趁前幾天來學校做活的泥水匠不在時拿的……我要用這把鑿子小心翼翼地在壁櫥裏面的牆上挖個小洞，看一看前天晚上聽到的聲音是從哪兒發出來的。

我的同伴們都睡著了。我要等熄了燈再鑽進壁櫥裏工作……

二月三日

今天午飯過後，我們秘密組織開了一個會，除了談其他事外，也討論了老是吃那倒胃口的大米粥的問題。我們大家一致認爲，是設法結束吃大米粥的時候了。

馬里奧·米蓋羅基說：

「我的想法是：如果我能想出實現我們計畫的辦法，我將請我們出色的斯托帕尼當我的助手。」

對我來說，被這些年齡比我大的夥伴們誇獎和信任，我感到十分高興。因爲班上別的同學，他們一般是看不上眼的。

不過，我認爲年齡同我一樣大的基基諾·巴列斯特拉，也是一個出色的孩子。我倆已成爲好朋友。我覺得他忠誠可靠，有資格參加我們的秘密組織。但我還要看一看，再說，我不願因介紹一個叛徒進來而讓別人取笑我。

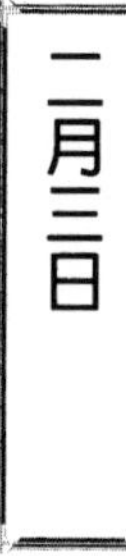

*　　*　　*

媽媽給我來了信，信中告訴我許多有意思的事。她安慰我說，我在寄讀學校不會待很長時間的。

寄讀學校眞不是人待的地方，既沒有自由，吃得也很差。此外，斯塔尼斯拉奧先生和傑特魯苕夫人從沒能使我這個遠離家庭的孩子，忘記爸爸和媽媽。

二月四日

新鮮事！

今天晚上，在經過耐心的長時間的勞動後，在不發出響聲，沒弄醒我熟睡的同伴下，我終於在壁櫥裏，也就是在我床頭凹進去的牆壁上挖了一個小洞。

馬上就有了微亮，一束橢圓形的光從牆的那邊穿了過來。但這光又好像是被牆那邊什麼東西擋著似的。

我把鑿子伸到了牆那邊，覺得那個障礙物是軟的。在研究了一番後，我認爲它是一幅畫，這幅畫正好貼在我鑿了孔的牆上。

雖然畫布擋住了我的視線，卻不妨礙我聽到那屋裏的聲音。我聽著，儘管沒聽清他們說什麼，卻聽出了是傑特魯苔在講話。

校長老婆尖尖的語聲，我聽得還比較清楚：

「你永遠是一個笨蛋！這些無賴吃得太好了！我與拉賓男爵的農場簽了一個買三千公斤馬鈴薯的合同……」

傑特魯苔夫人在跟誰說話呢？我聽到的另一個聲音肯定是她丈夫的。但是，那帶著舊軍人嚴厲神態的斯塔尼斯拉奧先生，能允許傑特魯苔夫人這樣對待他嗎？這是不可能的……

馬鈴薯的事，使我想到牆那邊可能有廚子在場，或許她是在同廚子說話吧！

蒂托・巴羅佐聽到我把這一情況告訴他後，說：

「誰知道她在同誰說話！無論如何這是一件次要的事。主要的是我們學校的學生馬上要面臨三千公斤馬鈴薯，也就是三十個一百公斤或三千個一公斤馬鈴薯的問題。看起來，每個學生的胃裏要裝一百一十五公斤的馬鈴薯，而且應當把學校工作人員和廚房人員扣除在外，因爲他們享受的是另外一種待遇！……」

今天休息時，秘密組織的成員又聚集在一起開了個會。我講了在壁櫥裏

挖了一個洞的事。大家拍手鼓掌，認爲這個觀察哨重要極了，對大家來說很有用處。不過，首先應該弄清楚那間房究竟是做什麼用的。

這件事委託給卡洛・貝契，因爲他有個當工程師的叔叔，知道怎樣弄清眞相。

二月五日

今天上午，在通向繪畫教室的走廊裏，馬里奧・米蓋羅基走近我小聲地說：

「一人為大家！」

「大家為一人！」我回答。

「你到儲油室去，房門正開著。在房門背後有一個用毛巾蓋著的裝滿煤油的瓶子。你把它拿到寢室裏，藏到你的床底下。馬烏裏齊奧・德・布台為你擔任警戒。如果他喊『卡爾布尼奧』，你放下瓶子就跑。」

我照他的命令做了，一切都很順利。

＊　＊　＊

今天休息時，為了知道我壁櫥那邊的房間究竟是幹什麼用的，卡洛・貝契下了很大的功夫。他繼續與來學校作維修工作的泥水匠們聊天，以便從中發現線索。

米蓋羅基對我說：

「今天晚上你準備好，當大家睡覺後，我們去處理大米……有好戲在後頭！」

二月六日

快到起床的時候了，我的日記，我還有許多話要寫在你上面。

首先是一個好消息：在一段時間裏，皮埃帕奧利寄讀學校的學生再不用喝大米粥了！

昨天晚上，當大家都睡著後，我輕輕地起了床，聽見寢室的房門吱吱響了好幾次，這聲音就好像是蛀蟲在咬木頭似的。這是商定好的暗號，米蓋羅基用手摳著門，意思是讓我把裝滿煤油的瓶子拿出來。這件事我一剎那就辦好了。

他提著瓶子，拉著我的手，在我耳旁小聲地說：

「跟著我，挨著牆走……」

幹這種冒險的事，讓人心跳得多厲害啊！在漆黑的走廊裏，我們屏住氣，一動不動地站在那兒，留意著任何一點微弱的聲響……

當我們走到那段非常狹小的走廊裏時，只有一扇開著的窗戶透出亮來。後來，我們停在一扇小門旁。

「儲藏室到了！」米蓋羅基小聲說，「拿著這把鑰匙……這把鑰匙是開物理教室的，也能打開這扇門……輕一點……」

我把鑰匙慢慢地塞進鎖眼裏，輕輕地擰著。小門被打開了，我們走了進去。

儲藏室對著小門的牆上有一扇小窗子，從窗外透進微弱的光。在這似有若無的微光中，可以看到牆邊有一堆裝著東西的麻包……

用手一摸，果然是大米。這可恨的大米，使得我們皮埃帕奧利寄讀學校的學生老是喝粥，天天喝，除了星期五和星期天……

「幫我一下！」米蓋羅基輕聲說。

我幫他把瓶子提起來。我們非常小心地往一個一個麻袋裏倒煤油。

「好！」我的夥伴把瓶子放在地上，朝門口邊走邊說，「現在這些大米可以煎著吃了！」

我沒吭聲，因爲我看到了無花果乾。我除了往口袋裏塞滿了無花果乾後，又往嘴裏塞了幾塊。

我們關上了門，小心翼翼地從原路回去，到寢室門口才分手。

米蓋羅基輕聲地對我說：「一切都很順利，我們幫了同伴們的大忙。現在我把鑰匙送回物理教室，然後去睡覺……一人爲大家！」

「大家爲一人！」我們彼此緊握著手。

我輕輕地、輕輕地回到床上。由於這次夜間的冒險行動，激動得難以入睡。

最後我決定到壁櫥裏去繼續我的工作。米蓋羅基模仿蛀蟲咬木頭發出的聲音給了我啓示，我可以放手在那塊擋著我視線的布上鑽洞了。

但在鑽洞前，先得把牆上的洞摳大一點，我儘量不出聲地把一塊磚周圍的水泥鑿鬆，使磚能夠活動，最後終於把它起了下來。

現在我面前出現的是一個眞正的小窗子了。我可以根據需要，非常容易地打開或關上，因爲只要把磚拿下來或裝上去就行了。

接著，我繼續摳我面前的布。我一會兒用手指摳，一會兒小心地用鑿子戳，我想：

「即使那邊屋子裏有人聽到聲音，也會以爲是蛀蟲在咬木頭。我大可放心地幹，直到達到目的爲止。」

我不停地摳，最後摳成了一個洞。這間馬烏裏齊奧琢磨了好久也不知道是幹什麼用的房間，現在一片漆黑。

我感到沒有什麼可做的了，就滿意地從壁櫥裏鑽出來，回到了床上。辛勤的勞動獲得了成果。我覺得很愉快……安靜地躺在床上，體會著幸福的滋味。我彷彿已經從用汗水和不眠之夜換來的小觀察哨裏，看到了許多令人驚歎的情景……

看來，今晚他們不會來了。

*　　*　　*

烏拉！烏拉！

今天終於不喝大米粥了！……我們喝上了非常美味的番茄湯。皮埃帕奧

利寄讀學校裏的二十六個學生都朝著番茄微笑，向它表示熱烈的歡迎……

我們秘密組織成員的臉上都現出了微笑，但我們的笑容同其他人有著不同的含意，因爲我們知道，番茄湯是怎麼得來的。

廚房裏的那些人會多麼惱火啊！……

傑特魯苔夫人在餐桌周圍轉來轉去，她那野獸似的、佈滿血絲的眼睛東張張，西望望，朝我們投來懷疑的目光。

由於改善了伙食，我和馬烏裏齊奧都非常得意。回想那天晚上的冒險行動，我們曾是那麼冷靜地面對危險。我感到自己變成了世界上創造光輝業績的英雄……

光榮的突擊手

秘密組織的同伴們熱烈祝賀我和米蓋羅基這次冒險的成功。蒂托・巴羅佐緊緊地握著我們的手說：

「幹得好！我們將命名你倆爲光榮的突擊手……」

接著，馬烏裏齊奧・德・布台又告訴了我們一個非常重要的消息：

「我已經偵察到斯托帕尼通過『觀察哨』發現的那個房間了。這幾天泥水匠們正在那兒修地板。它是校長的一個特別活動室，校長和他老婆在房間裏接待親信。房間右邊通校長的辦公室，左邊是他們的臥室。關於那張妨礙斯托帕尼監視敵人的畫，是一幅巨大的皮埃帕奧羅・皮埃帕奧利的畫像。他是這所寄讀學校的創始者、傑特魯苔夫人的叔叔。是他把遺產傳給了傑特魯苔……」

「太好了！」

今天晚上我可以舒舒服服地躺在我的壁櫥裏，從末等包廂裏看一場精彩的表演了。

秘密組織的夥伴們對我說：「我們也多麼想到你的包廂裏去看啊！」

二月七日

昨天晚上，當我的小夥伴們睡著了以後，我爬上了小壁櫥，拿下磚頭，打開了我的「小窗戶」，把臉貼在小窗戶上——也就是我昨天在油畫布上摳出的洞眼上。這張油畫布畫著已故的皮埃帕奧羅·皮埃帕奧利教授的肖像。他非常不幸地創建了這所讓人憎惡的寄讀學校。

開始時，裏面一片漆黑，但不多一會兒裏面突然亮了起來。我看見從左邊的門裏走出了傑特魯苔夫人，她手裏拿著點燃的蠟燭台。斯塔尼斯拉奧跟在她的後面，哀求著：

「親愛的傑特魯苔，眞的，大米裡出現煤油是無法解釋的……」

校長老婆沒說話，繼續慢慢地朝右邊的門走去。

「在學校裏難道有誰敢幹這樣的事？不管怎樣，我都要設法搞清這件事……」

這時，傑特魯苔夫人停住了步子，尖聲地朝她丈夫說：

「你是什麼也發現不了的，因爲你是一個大笨蛋！」

說完，她進屋去了。掛著皮埃帕奧羅．皮埃帕奧利先生肖像的房間又變得一片漆黑。

我從包廂裏看到的場面太短了，但卻是相當有意思。因爲我看到的情景，使我明白了那天晚上她是在罵校長，而不是像我大膽推測的那樣在同廚子講馬鈴薯的事……

傑特魯苔夫人罵的笨蛋，正是校長本人！

今天是重要的一天，星期五。我們秘密組織的成員焦急地等待著，要看瘦肉湯是否眞的是用涮盤子水做的……

二月八日

昨天晚上，我本來要在日記上寫下白天發生的事，可是沒時間。我必須到「觀察哨」裏去監視敵人的動向……還有，從今以後，我要加倍小心，因為他們處處都在監視著我們。我唯一擔心的是日記被他們發現……

幸好，日記鎖在箱子裏，鑰匙我藏得很好……還有，他們懷疑的對象是大同學……總之，如果他們強迫我承認的話，我可以把事情說得大家笑疼肚子，就像我現在這樣，為了不吵醒我的夥伴們，只好使勁地憋著不笑出聲來……

啊，我的日記，有多少事情要告訴你啊！

還是讓我按次序，從最有意思的事——昨天的瘦肉湯說起吧……

*　*　*

像平常一樣，十二點整，皮埃帕奧利寄讀學校全體二十六個學生都坐到

了餐桌旁，等待著開飯……這裏，我應該用薩爾加利或者是阿列桑特羅・馬佐尼【薩爾加利和阿列桑特羅・馬佐尼都是義大利作家。】的筆調，來描寫我們秘密組織成員等待著湯上來時的那種焦急心情。

突然，來啦！……我們都伸著脖子，以好奇的神色注視著瘦肉湯……當湯盛到盤子裏時，所有的嘴巴都不約而同地發出「哦」的聲音。由於驚奇，大家都在竊竊私語，不斷地重複著一句話：

「湯是紅的！……」

在我後面轉來轉去的傑特魯苔夫人停下了腳步，笑著說：

「明白嗎？紅的是甜菜，你們沒有看見嗎？」

事實上，今天的瘦肉湯上漂著許多紅油斑，這是可怕而不會說話的證人。我們秘密組織的成員們都明白，這紅油斑是廚子罪惡的證據……

「現在該怎麼辦？」我輕聲地問巴羅佐。

「現在應該這樣！」他眼中射出了憤怒的目光。

他站了起來，環視了一下同學，然後用響亮的聲音說：

「同學們！大家不要喝這紅色的湯……它有毒！」

同學們聽了這話後都放下了匙子，非常驚訝地把目光集中到巴羅佐的臉上。

校長老婆的臉漲得比湯還要紅。她跑過來抓住巴羅佐的胳膊，尖聲地對他吼道：

「你說什麼？」

「我是說，這湯不是甜菜染紅的，而是我放的苯胺染紅的！」巴羅佐回答說。

「一人爲大家，大家爲一人」秘密組織的主席、勇敢的巴羅佐語氣是那樣的明確和堅定，以至傑特魯苔夫人都愣了好幾分鐘，一句話也說不出來。最後，她怒氣衝衝地威脅巴羅佐：

「你！……你！……你！……你瘋了嗎？……」

「不，我沒有瘋！」巴羅佐反駁說。「我再說一遍，這湯所以是紅色的，是因爲我在裏面放了苯胺，而你將會以種種理由解釋這湯怎麼變成了這可恥的紅色！」

巴羅佐以南方人響亮的聲調，用這漂亮的語句回敬了校長老婆，使她又不知所措地重複著：

「你！你！好哇，你！……」

最後，她推開了巴羅佐的椅子，尖聲地叫著：「走，到校長那兒去，你必須把一切都講清楚！」

她向值日生做了一個手勢，讓值日生陪他去。

事態的發展來得如此突然，以至巴羅佐從食堂走後，大家仍然呆頭呆腦

地望著巴羅佐的空位子發愣。

這時，校長老婆命令值日生把紅湯撤走，換上了另一種叫巴加拉・列索的菜。饑餓的學生也顧不得別的，爭著吃了。

我卻不然，我不像別人那樣胃口好，只是勉強吃掉了自己那份。我覺得傑特魯苔夫人從巴羅佐一開始站起來說湯裏有毒的那一刻起，就不斷地用尖利的目光盯著我。休息的時候，她也還在繼續監視我，使我只能同米蓋羅基說上一句話：

「怎麼辦？」

「小心點！我們應該首先聽聽巴羅佐說些什麼。」

但是，巴羅佐一天都沒有露面。

晚上吃飯時他來了，但是他好像變了一個人。他眼睛通紅，情緒低沉，總是避開同學好奇的目光，特別是我們秘密組織夥伴們的目光。

「怎麼回事？」我輕聲問他。

「不要說話……」

「你怎麼了？」

「如果你是我朋友的話，就不要跟我說話。」

他的舉動使我迷惑不解，他的聲音爲什麼又是那樣的低沉？

究竟發生了什麼事情？

這個問題一直在我腦子裏盤旋著，一時卻得不到答案。

昨天晚上，當同伴們剛一睡著，我馬上就鑽進了壁櫥中，甚至連想都沒有想寫下白天這些非常重要的事。爲了知道敵人的秘密，現在是觀察的最好時刻。

結果，我沒有白等。

剛鑽進我的觀察哨，就聽見傑特魯苔夫人的說話聲：

「你是一個不折不扣的笨蛋！」

我馬上就知道她是在罵她丈夫。於是我把眼睛更貼近這個寄讀學校已故創始人的畫像。我看見校長和他老婆在房間裏面對面地站著。校長老婆兩手叉著腰，鼻子幾乎變成了絳紫色，一臉凶相；校長面對她站著，長長的軀幹

挺得筆直，像是一個正準備抵抗進攻的將軍。

「你是一個不折不扣的笨蛋！」傑特魯苔夫人接著罵，「當然全怪你，要是我們還留著那個那不勒斯窮要飯的，那麼他將會毀掉我們的學校！……」

「你安靜一下，傑特魯苔，」斯塔尼斯拉奧先生回答說，「你把事情看得過於嚴重了。首先，巴羅佐曾經同他的保護人達成特別的協定，我會從他身上設法找到另外三個同謀者的……」

「協議？哼！收起你那套東西吧！」

「別這麼說，傑特魯苔，你冷靜一下，聽我說。你將看到，巴羅佐再也不會提苯胺的事了。你知道，他並不曉得我們吃特殊的飯的事；我抓住這一點，利用他的弱點，對他講了一番動聽的話，讓他好好考慮。他幾乎感動了，因爲他應該比別人更感激我們，應該對我們和我們的寄讀學校更有感情。我的這番話使得巴羅佐馬上就不安了，他一言不發，像隻小雞一樣。在我的壓力下，他結結巴巴地說：『斯塔尼斯拉奧先生，請原諒我……現在我知道我在寄讀學校裏沒有任何權利的……你可以相信，我將再也不會以任何

行動或言語來反對寄讀學校了……我向你發誓。』」

「你這個笨蛋！你就相信他發誓？」

「當然。巴羅佐是個認真的人。我講起他家庭的情況，給他留下了深刻的印象。我可以擔保，我們一點也不用擔心他還會出什麼事……」

「斯托帕尼呢？他不是這件事的起因嗎？瘦肉湯事件不正是他挑起來的嗎？」

「斯托帕尼最好還是讓他留在這兒，他是另外一回事。他還只是個孩子，他的話不可能損害我們寄讀學校的聲譽……」

「什麼，你不想懲罰他？」

「不行，親愛的，如果懲罰他的話，反而會大大地把他激怒的。再說，巴羅佐對我承認說苯胺放在盤子裏的事是他一個人幹的……」

這時，傑特魯苔夫人突然發作了，好像遇到了什麼不幸的事一樣。她朝天舉起了雙臂，開始高聲朗誦起來：

「哦，神啊！哦，永生的神啊！……你配當寄讀學校的校長嗎？你就這麼

傻地相信巴羅佐這樣一個孩子對你說的話嗎？你應該關到瘋人院去！……你這個世界上少有的白癡！」

校長在這一陣詛咒面前只好認輸，他看著傑特魯苔夫人的眼睛說：

「現在行了吧！」

這時，親愛的日記，我出乎意料地看見了最有意思的、滑稽得讓人無法形容的情景。

傑特魯苔夫人朝斯塔尼斯拉奧先生伸出右手，像爪子一樣地一把抓住他的頭髮，罵道：

「哼！你想幹什麼？」

當她咬牙切齒地說這話時，我非常驚訝地看到校長烏黑的頭髮全都捏在了他老婆的手裏。她揮動著假髮憤怒地說：

「噢，你也想來嚇唬我！你，我……」

突然，她扔掉手中的假髮，在桌子上抓起一把撣土用的蒲草撣子，追著非常沮喪的禿頂的斯塔尼斯拉奧先生，而斯塔尼斯拉奧先生爲了躲避他老婆

的打，圍著桌子直轉……

這情景是如此的滑稽，我強忍了半天，最後還是笑出了一小聲……

這一聲救了斯塔尼斯拉奧先生，他們倆吃驚地站到畫像前，傑特魯苔夫人的怒氣變成了恐懼，喃喃地說：

「唉呀！皮埃帕奧羅叔叔顯靈了！……

……」

我悄悄地離開了我的觀察哨，讓他倆懷著同樣恐懼的心情，在該詛咒的寄讀學校創始人面前待著吧！

二月九日

今天上午，秘密組織的成員互相只傳遞著一句話：「一人爲大家，大家爲一人！」意思是說：休息時開會。

會議開始了。我覺得我們秘密組織的會，從來沒有開得像今天這樣讓人激動。

我像秘書一樣宣讀報告，我覺得我們就像歷史小說中描繪的那樣，像在地道中的羅馬天主教徒或燒炭黨人。

可想而知，我的日記，誰也不會缺席。因爲巴羅佐被叫到校長辦公室去後，他的反常神情引起了大家的注意。全體成員都焦急地想知道，爲什麼他突然變成了這樣。

像往常一樣，我們都聚集在院子的角落裏。大家都很謹慎，注意不讓校長老婆看見。校長老婆好像一天比一天更多疑，特別是目光總是盯著我，好

像馬上又要出什麼事一樣。

好在她並沒有懷疑皮埃帕奧羅的聲音是我發出的，要不，她非要弄死我不可。這件事使我相當害怕，因爲我知道，這個女人是什麼事都能做得出來的。

當我們聚攏到一塊時，面色蒼白得讓人害怕的巴羅佐歎了口氣，以陰沈的口氣說：

「我擔任主席……這是最後一次了……」

聽到這話，大家都不吭聲，面面相覷，顯得非常詫異。因爲巴羅佐是受到大家尊敬的，他勇敢、能幹，性格又非常豪爽，總之，他是我們秘密組織最理想的主席。

沈默了一段時間，巴羅佐用更低沉的調子繼續說：

「是的，我的朋友們！從現在起，我將辭掉我們組織最高榮譽主席的職務……情況是嚴重的，非常嚴重。請大家尊重我的願望，讓我辭職。如果我不辭職的話，我將是一個叛徒……雖然叛徒我是永遠不會當的！對於我，你們

什麼都可以說，但是絕不應該讓我繼續擔任這個我不稱職的職務，哪怕是一天……」

這時，脾氣可以說是很溫和的米蓋羅基，突然變得像英雄似的，激動地、粗暴地打斷了巴羅佐的話：

「不稱職？誰能說你不配同我們在一起……誰能說你不配當我們組織的主席？」

「不能這樣說！」我們大家齊聲附和。

但是，巴羅佐搖了搖頭，說：

「我不是做了什麼虧心事而不配當……我的良心也沒有責備我做了什麼對不起秘密組織和損害它的榮譽的事……」

說到這，巴羅佐用一隻手撫著心口，顯得非常痛苦。

「我什麼也不能告訴你們！」前主席說，「如果你們對我還有點感情的話，就不要再問我。無論是現在還是將來，都不要再問我為什麼放棄主席的職務。你們只需知道，從現在起，我不可能再幫助你們或鼓勵你們去反對寄

讀學校的校長……你們應該清楚地知道，主席我是不能當的，我的處境很壞，我的決定也是不會改變的。」

大家又是面面相覷，有人在低聲交換意見。我知道，巴羅佐的話對大家來說是難以理解的，他的辭職也是不會被大家接受的。

巴羅佐也清楚這一點，但是他仍然堅持自己的意見。

這時，我忍不住了。我想起昨晚從寄讀學校創始人畫像上挖的洞裏看到和聽到的，便非常激動地叫了起來：

「不！你不能辭職！」

「誰能阻止我？」自尊心很強的巴羅佐說，「誰能禁止我走這條我良心讓我走的路？」

「是哪一種良心？是什麼樣的路？」我接著說，「把你弄成這種地步，正

基基諾

是傑特魯苔夫人他們險惡的用心。」

「一人爲大家，大家爲一人」秘密組織的夥伴們，對我講的這番話感到很意外。我認爲有必要把昨晚在校長接待室裏發生的情況馬上告訴大家。

我的日記，我不知道，大家在聽到我講到「沒有什麼重大原因迫使巴羅佐辭職的話」是否滿意，但是有一點是肯定的：校長他們決不是因爲憐憫巴羅佐才把他帶到寄讀學校來的，而是利用這件事，想從我們身上撈到好處。

秘密組織成員最感興趣的，是我講校長老婆用撣子打校長、校長的假髮脫落的事。因爲沒有人會想到，這個軍人氣概十足的校長，會被他老婆虐待到這種地步，更沒有想到的是，假髮才助長了他軍人的威儀。

不過，巴羅佐還是那麼神情恍惚，好像在思索著什麼。看來，當他知道自己在寄讀學校的地位同別人不一樣時，我的解釋並不能使他從可怕的失望中得到安慰。

最後，儘管我們堅持不同意他嚴肅的決定，他還是總結說：

「讓我自由吧，我的朋友們！因爲我遲早要幹一件非常重要的事，你們現

在是不會理解的。我不能再留在你們的組織裏了。一種不安的感覺侵襲著我。我需要冷靜，需要恢復一下。」

他說這些話時的口氣是那樣的堅決，以至誰也沒敢再開口。大家決定儘快再開一次會，另選一位新主席，因爲馬上選，時間已經太遲，要是有誰來找我們，可就麻煩了。

當我們彼此握手，相互說著「一人爲大家，大家爲一人」時，馬烏裏齊奧・德・布台對我說：「嚴重的事情正在等待著我們。」

不知道德・布台預料的是否對？我心裏也預感到有什麼禍事將要臨頭。

*　　*　　*

又是一件轟動的新聞！

昨天晚上，我從我的「觀察哨」裏發現校長、校長老婆和廚子神魂不定……

事情是這樣的！當我像往常一樣把眼睛貼在洞上時，看到他們三個圍在一張桌子上。廚子說：

「來了，他現在來了！」

應該來的是我們寄讀學校的創始人、有功的皮埃帕奧羅教授的亡靈。在他受尊敬的肖像後面，我正在監視這些招魂者……

我不用費多大勁就知道了他們招魂的原因和目的。

顯然，那天晚上，斯塔尼斯拉奧先生和傑特魯苔夫人聽見從肖像上發出的聲音後，非常害怕。他們爲在寄讀學校創始人像前大吵大鬧而後悔，也許是這些天來發生的事攪得他們心神不定，所以他們到這兒來招尊敬的亡魂，以乞求寬恕和幫助。

「現在來了！就是他！」廚子又說了一遍。

好像是桌子被搖晃了一下。

「我現在可以同我叔叔的亡魂說話嗎？」校長老婆問廚子。她死盯著桌面，兩隻眼睛睜得大大的，就像夜裏的兩個小光點。

只聽得桌子又吱嘎了幾下，廚子肯定地說：

「正是他。」

「問問他，是不是昨天晚上也是他？」傑特魯苔小聲說。

廚子用命令的口氣說：「回答我！昨天晚上是你上這兒來了嗎？」

桌子不知怎的又吱嘎了幾下，三個招魂者從椅子上站了起來，東張張，西望望，然後又坐了下來。

「是的，」廚子說，「昨天晚上正是他。」

斯塔尼斯拉奧先生和傑特魯苔夫人互相交換了一下眼色，似乎在說：「昨天晚上我們鬧得太不像話了。」

接著，斯塔尼斯拉奧先生對廚子說：

「問問他，我可以跟他說話嗎？」

但是傑特魯苔夫人瞪了他一下，粗暴地打斷了他的話：

「不行！同皮埃帕奧羅．皮埃帕奧利講話的只有我，我是他的侄女，而你，他起初連認都不認識你！明白嗎？」

她轉身對廚子說：「問問他，是否願意同我說話？」

廚子振作了一下，眼睛盯著桌面看了一會兒，又問了一次。

「他說不願意。」廚子說。

傑特魯苔夫人顯得很沮喪，但斯塔尼斯拉奧卻對他嚴厲的太太的失敗高興得忘乎所以，輕鬆地舒了一口氣，像孩子一樣興奮地說：

「你看到了吧！」

他從來沒有對傑特魯苔夫人用這樣的口氣說過話。

傑特魯苔夫人勃然大怒，像往常一樣，對著校長罵道：

「你是一個不折不扣的笨蛋！」

「傑特魯苔！」校長慌忙輕聲地對她說：「請你不要這樣……廚子在這兒不說，至少不能當著皮埃帕奧羅·皮埃帕奧利的面這樣！」

這個可憐蟲溫柔的抗議使我動了憐憫之心，我想幫他報復一下他蠻橫的老婆。因此，我故意用嘶啞而帶著責備的口氣哼了一聲。

三個招魂者立刻看著畫像，臉色蒼白，嚇得發抖。

房間瑞安靜了好一會兒。

第一個醒悟過來的是廚子，他的兩隻紅眼睛直盯著我，說：

「你，皮埃帕奧利的魂還在這兒嗎？回答我。」

我輕聲噓著：「是是是……」

廚子繼續問：「你願意直接同我們說話嗎？」

這時我有了個主意。便模仿剛才跟他們說話的聲調說：

「星期三半夜！」

三個人被這莊嚴的回答感動了。廚子小聲地說：

「看來，他這兩天晚上都不想說話，而要等到後天！」

三個人站起來，把桌子搬到一邊，轉過身來虔誠地望著我。廚子說：

「那麼就後天了！」說完就走了。

斯塔尼斯拉奧先生和傑特魯苔夫人又在房間裏待了一會兒，他們很憂愁。校長最後低聲下氣地對他老婆說：

「傑特魯苔……傑特魯苔……你現在清醒一些了嗎？以後再不要罵我這麼難聽的話了，好嗎？」

厲害的傑特魯苔夫人雖然還在驚恐之中，但仍咬牙切齒地說：

「我再也不說這話了……爲了尊重我叔叔神聖的靈魂……即便以後我不說了，但我相信你仍是一個不折不扣的笨蛋！」

這時，我離開了我的「觀察哨」，因爲我忍不住又要笑出聲來了。

* * *

今天早上，當我在日記上記下昨天晚上招魂的事時，發現寢室裏有一位同學醒著。

我示意他別做聲。事實上，即使我不打招呼，他也不響的，因爲他是一位我信得過的朋友，他就是基基諾·巴列斯特拉。我在前面的日記中已經提到過的，他是一個很認眞的男孩子，對我很好，我已經在許多場合中考驗過他，相信他不會給我們惹什麼麻煩。我們倆是同鄉，我的爸爸總喜歡買他爸爸的麵包。他家店裏有一種梅林加的點心很出名，而且總是新鮮的。還有，他爸爸同我姐夫是非常要好的朋友。他爸爸也是社會黨裏的一個重要人物。

此外，我們所以成爲朋友，是因爲我們彼此的經歷很相似，他也跟我一樣很倒楣。他把他所有的倒楣事情全都告訴了我。最近的一次，也是他闖的

最大的一次禍，使得他爸爸決定把他送進了寄讀學校。我想，把他的這件事寫到日記上一定是很有意思的。

「我永遠也不會忘記去年『五一』這一天，這是我最美好的一天，也是我最倒楣的一天！」基基諾對我說。

他回憶起的那一天，我也記得很清楚。那天城裏亂糟糟的，因爲社會黨要求所有的商店都關門，但許多店主卻想繼續做生意；在學校裏也是這樣，有不少學生的爸爸是社會黨人，希望校長放假，可是別的家長不願意。

當然，在這種情況下，學生們都站在社會黨一邊，就連自己的爸爸不是社會黨的學生，也是如此。因爲說到放假，我相信世界上所有的學生都贊同這一神聖的規定，也就是說，「五一」那天，寧願到野外去玩，也不願意上課。

實際情況是，這一天許多同學都沒有去上課。我記得很清楚，我也沒有去上課，爲此，爸爸罰我三天只許吃麵包和喝水。

這沒什麼了不起！一切偉大的思想都有它的殉難者……

不過，對於可憐的基基諾．巴列斯特拉來講，他更倒楣就是了。他與我不同，他在學校裏罷課是得到他爸爸同意的，甚至可以說是他爸爸逼的。其實，基基諾倒是想去學校的。

「今天是勞動節，」巴列斯特拉先生對兒子說，「我准許你出門找你的同學玩。你可以高高興興地玩。」

基基諾只好聽他爸爸的話。他約了幾個同學去看望一些住在郊外的同學。

到了郊外，大家聚在一起瞎聊天，逐漸地，聊天的人多起來，最後有二十多個。這些年齡差不多、家庭條件卻不太一樣的孩子，在一塊又唱又鬧，十分快活。

但有的時候，基基諾給人以一種印象，彷彿他爸爸是社會黨領導人似的。基基諾開始聊到五月一日，聊到社會的正義和其他一些他在家裏經常聽到的話。其實這些話他都是鸚鵡學舌學來的。當他津津有味地重複這些話時，突然一個男孩子向他提出挑戰：

「講得都很好聽，但有哪一點是對的呢？你家開了一個擺滿了麵包和糕點的店，夠你吃的，但是我們窮人甚至連那些點心和麵包是什麼味道都沒有嘗過，這你知道嗎？」

基基諾被這個突如其來的問題弄得很窘，他想了一下，回答說：

「店不是我的，是我爸爸的……」

「那你說什麼呢？」男孩子反駁說，「你爸爸不也是社會黨人嗎？既然今天是社會主義的節日，他就應該至少給孩子們分一個麵包，特別是分給那些從來還沒嘗過麵包是什麼滋味的孩子……如果他不先做個榜樣，就不能期望其他守舊的麵包商也這樣做……」

這個有力的推論使得所有的孩子都很信服，全體參加聊天的都歡呼起來：

「格拉基諾說得有理！格拉基諾萬歲！……」

基基諾當然很下不來台，感到自己在夥伴們面前丟了面子，而且有損爸爸的形象。他一心琢磨著怎麼才能駁倒對方。突然他有了一個大膽的想法，

開始他自己都嚇了一跳，但後來認爲還可行，是唯一能在危急時刻拯救他和他爸爸政治聲譽的做法。

他想到這時他爸爸正在工會裏發表演說，麵包店的鑰匙卻放在家裏，放在爸爸房間的櫃子抽屜裏。

「好吧！」他大聲宣佈，「我以我和爸爸的名義，邀請你們所有的人到我家店裏去吃特殊風味的麵包……但話要說在前面，夥伴們！一個人一個麵包！」

頓時，辯論會上亂哄哄的聲音，馬上就變成了一片響亮而快樂的呼聲，這一群口裏流著饞水的孩子們反復地喊道：

「基基諾．巴列斯特拉萬歲！你爸爸萬歲！」

所有的孩子興高采烈地跟在基基諾後面走著，就像是支英勇的隊伍攻克了一個早就想佔領的陣地，不費一槍一炮，戰利品馬上就要展現在他們面前一樣。

「一共是二十個人。」基基諾盤算著。「二十個麵包……就算是二十五個

……包括進店和沒進店的。店裏有好幾百個麵包，少了二十五個誰也不會發現的……爲了不使像這樣的饑餓損害我的尊嚴、我爸爸的尊嚴，甚至是我爸爸的黨的尊嚴，這樣做是值得的！」

到了城裏，基基諾對跟在他後面的忠實的追隨者們說：

「你們聽著，現在我回家去取店門的鑰匙，馬上就回來，你們都到店的後門去……但大家要分散，不要讓別人看見！」

「好！」大家齊聲回答。

但是格拉基諾說：

「喂！不會是同我們開玩笑吧！要是騙人的話……你懂嗎？」

基基諾莊重地做了一個手勢：

「我是基基諾．巴列斯特拉！」他說道，「我說話是算數的！」

他飛快地跑回家，當時，媽媽和姐姐都在家裏。基基諾爲了不讓她們看見，很快地閃進爸爸的房間，從小抽屜中取出鑰匙。他在跑出家門時，對媽媽說：

「媽媽，我和同學一塊出去一下，一會兒就回來！」

他跑到店門口，注意看了看左右有沒有熟人，他是擔心在分麵包時突然被人瞧見。

基基諾打開活動的鐵門，拉開只能容一個人的空隙，一進去就把它關上了。他掏出從家裏帶來的火柴，點著了爸爸放在門附近的蠟燭，接著又點著了店裏的煤氣燈。準備工作做好以後，他跑到店的後門，把門打開。

基基諾的同學三三兩兩地開始從後門進了店。

「我再對你們說一遍，」麵包店老闆的兒子說，「一人一個……最多兩個……你們不要弄得我不好交待！」

寫到這裏，最好引用基基諾自己的話來說，因爲他是這樁滑稽和不幸事件的主人公，用他的話肯定比我寫的生動得多。

「這時」，基基諾說，「我感到我的同學增加了許多，店裏簡直被一大群闖進來的孩子擠滿了。他們圍著麵包和一瓶瓶的果子露，竊竊私語，好像眼都紅了。格拉基諾問我是否可以打開一瓶果子露解解饞，我同意了。他非常

殷勤地替我倒了滿滿的一杯，對我說喝第一杯的應該是主人。我喝了，大家都喝著果子露，並且還同我乾杯，要我再喝。這樣，他們喝完了一瓶又去開另一瓶……孩子們大口大口地吃著麵包和點心，離我較近的幾個孩子對我說：『你吃吃這個看，味道多好啊！你吃這個，真好吃！』他們在說這些話時，好像他們是店裏的主人，而我是被他們邀請來的一樣。

親愛的斯托帕尼，你讓我說什麼好呢！我已經到了喪失理智的地步了。我感到從未有過的激動和愉快，彷佛置身於一個夢幻的世界裏。在那裏，孩子們是用糖果做成的，腦袋是奶油的，心是果醬的，全身都被糖和各種露酒調在一起……是在盛宴上，我也同他們一樣狼吞虎嚥地吃著麵包和點心，喝著大瓶小瓶味道不同的飲料。大家一面吃，一面互相交換著幸福的目光，口裏還不時地嚷嚷著：『社會主義萬歲！五月一日萬歲！』

我無法告訴你，這盛大的充滿著甜蜜和歡樂的場面持續了多長時間……突然，美妙的氣氛變了，一個可怕的聲音——我爸爸的聲音在店裏爆炸了。他高聲地吼著：『狗崽子，現在我要你們社會主義！』一頓巴掌打得這群喝

得醉醺醺的孩子們亂成一團，又哭又嚎，朝門口亂擠亂擁。這時，我的腦子清醒了，我環視周圍奇異的景象，突然感到可怕的責任落到了自己的身上……先前堆滿了整整齊齊麵包的麵包架上已經是空蕩蕩的了，周圍的貨架上也都亂七八糟。酒瓶東倒西歪，果汁和露酒還在朝地上淌著；地上一片黏糊糊，到處都是被踐踏的麵包渣；椅子橫七豎八地躺著，貨架和櫃檯上到處都是雪白的奶油、被挖掉了餡的梅林加（一種甜食）和沾著指痕的巧克力……但這只是我一剎那工夫看到的，因為一記該詛咒的巴掌打得我頭昏目眩，倒在了櫃檯下……我失去了知覺，什麼也看不見，什麼也感覺不到了！當我醒來時，我已經躺在家裏的床上。媽媽坐在我的身旁哭泣著，我感到頭和胃都有說不出的難受……

「第二天，五月二日，爸爸讓我喝了點蓖麻油。第三天，也就是五月三日，爸爸讓我穿上衣服，把我送到皮埃帕奧利寄讀學校來了。」

基基諾·巴列斯特拉就這樣結束了他的敘述，聲調既嚴肅又滑稽，我感到實在好笑。

「你看到了吧！」我對他說，「你也是犧牲品，就像我在生活中遇到的許多事情那樣，本來是出於好心和眞誠，但結果倒楣的是我。你有一個社會黨人的父親，你滿懷熱忱地認爲應該實踐他的理論，把麵包分給那些從來沒嘗過它滋味的孩子……但你的爸爸卻懲罰了你……說也沒用，我們男孩子眞正的錯誤歸結起來是一條，就是太相信大人的理論……也太相信婦人們的理論！一般來說，事情是這樣的：大人教給小孩一大套冠冕堂皇的道理……要是某一個接受他們教育最深的孩子，照他們說的那樣去做的話，事情就壞了，不是觸到了他們的痛處，就是超越了他們規定的範圍，或者是侵犯了他們的利益！我小時候有件事至今記得很清楚……我的好媽媽，也可以說是世界上對我最好的人，總是教育我不要撒謊。她說只要撒一次謊，就要在地獄裏關七年。但是有一天裁縫來我家收工錢，她卻讓卡泰利娜對裁縫說她不在家。我爲了不讓她到地獄裏受苦，就趕緊跑到門口去大聲喊：卡泰利娜撒謊，媽媽在家裏。結果我得到的獎賞是挨了一記響亮的耳光。」

「爲什麼他們把你送進寄讀學校呢？」

「因爲我釣走了一隻蟲蛀的牙齒！」

「什麼！」基基諾驚訝得叫了起來。

「主要是因爲一個癱瘓老頭打了一個噴嚏！我是跟他開個玩笑，看看他醒來時看見嘴巴上面有個釣魚鉤會吃驚到什麼程度。」我補充說。

後來，我看他實在好奇，就跟他講了我在姐夫馬拉利家的一段往事，以及被送到這兒來的經過。

「正像你看到的，」我總結說，「我也是不幸命運的犧牲品……因爲，假如我姐夫的叔叔威納齊奧先生，在我把魚鉤放在他張大的嘴巴上面時不打噴嚏，我也不會把他剩下的唯一的那顆蛀牙拔掉，就不會到這皮埃帕奧利寄讀學校來了！」

* * *

我所以在這裏敘述一下我和基基諾·巴列斯特拉的談話，是想說明我們已經成爲好朋友了。正如我一開始就說的那樣，即使今天早上他醒來時看見我在寫日記，我也沒有任何理由不信任他，甚至我還把寫的絕密內容講給他

聽，讓他知道我們的計畫。我建議他加入我們的秘密組織……

他熱烈地擁抱我，熱情得使我感動。他說，由於我信任他，使他感到自豪。

今天休息的時候，我把他介紹給秘密組織的夥伴們，大家熱烈地歡迎他。

巴羅佐不在了。自他辭職的那一天起，他總是獨自在沉思。當我們碰面時，也僅限於用非常淒涼的口氣互相問好。可憐的巴羅佐！

在會議上，我講述了昨天晚上三個人招魂的事，大家認爲要認眞注意事情的發展，並決定在星期三晚上採取行動。

明天是星期二，我們將開會選舉新的主席，並討論如何對付皮埃帕奧利的亡魂，和同斯塔尼斯拉奧先生、傑特魯茖夫人以及瘦肉湯的發明者——他們稱職的廚子的約會。

* * *

昨天晚上沒有什麼新的情況。

我從我的「觀察哨」中，看到校長和校長老婆正慢慢地、一聲不響地穿過房間。在走到已故的皮埃帕奧羅的畫像前，他們羞怯地望了一下，好像在說：

「明天晚上見，願上帝給我們帶來好運氣！」

當我寫日記時，基基諾・巴列斯特拉躺在他的床上朝我微笑。

*　*　*

今天休息的時候，我們重選了秘密組織的新主席。

全體成員都把自己要選的主席的名字，寫在一張小紙條上放在帽子裏。基基諾是我們當中年紀最小的（他比我小兩個月），他也參加了投票。投票結果是馬里奧・米蓋羅基當選爲主席。

我也投了他的票，因爲我認爲他是稱職的。寄讀學校的孩子們多少天來沒喝大米粥，就是他的功勞。

我們討論了如何對付明晚招魂的事，每個人都發表了意見，但最後通過的是卡洛・貝契的建議。

卡洛・貝契善於偵察情況，在偵察「觀察哨」隔壁房間的時候，認識了一個小夥子，他是修繕寄讀學校的泥水匠的幫手。

卡洛・貝契想透過這個小夥子，走進掛皮埃帕奧羅畫像的房間裏去幹一件事，如果作成的話，將大大有利於我們對付三個招魂者……

接著……然後……，不過我不想再寫我們是如何策劃的了。

我只想說，如果我們的行動成功的話，就報復了那些使我們嚥下苦水的人……包括那個用涮盤子水做瘦肉湯的廚子。他所幹的比斯塔尼斯拉奧先生和傑特魯茗夫人幹的事更缺德。

* * *

上帝啊！今天晚上發生了什麼事！

想起來都讓人害怕。我似乎覺得自己成了一部俄國小說中的主人公。在那部小說裏，一切事情，就連用手指挖鼻孔這樣平常的事，都會產生意想不到的效果。

我在這裏講兩件重要的事。

第一件：今天，卡洛・貝契趁校長和校長老婆吃午飯時，透過當幫工的小夥子，進了掛皮埃帕奧羅畫像的房間。泥水匠們用來畫屋頂花邊的長梯子正留在房中。

一眨眼工夫，貝契就把梯子豎到了畫像旁。他爬上去，用小刀在皮埃帕奧羅的黑眼球上挖了兩個洞。這樣，今晚行動的準備工作就順利地完成了。

第二件事情：我看見了蒂托・巴羅佐。他已經不參加我們的行動了，他對我說：

「你聽著，斯托帕尼，你是清楚的，那天我在校長辦公室裏蒙受了巨大的恥辱，被迫打消了我在寄讀學校裏造反的念頭。我現在只有一個想法，唯一的想法，懂嗎？只有這個想法才使我掙扎到現在，這就是逃跑。」

我吃了一驚，想到馬上就要失去一位熱情並受到大家尊敬的朋友，心裏很難過。他繼續對我說：

「你知道，無論誰勸我都是無用的，我的痛苦只有我自己知道。我只對你說，這種痛苦是不可忍受的，如果長此下去，必然要毀掉我自己。因此，我

決定逃跑，任何情況都不能動搖我的決心。」

「那麼，你到哪兒去呢？」

巴羅佐聳了聳肩，攤開了雙臂：

「我自己也不知道。我要到世界上去，世界是這麼大，我在那裏將是自由的。我再也不能忍受這種屈辱。任何人也不敢像寄讀學校校長、我的監護人那樣羞辱我。」

聽了他這些話，我懷著崇敬的心情望著他，像受到鼓舞似的對他說：

「我也跟你一起逃走！」

他深情地、感激地望了我一眼，這眼光我一輩子也忘不掉。

接著，他以莊重的語氣對我講話，使我覺得他一下子比我高大許多。他說：

「不，我親愛的朋友，你不能也不應該從這裏逃跑，因爲你的情況完全和我不同。你在這裏擁有你所應該有的一切權利，當上面有什麼人要欺侮或迫害你時，你可以反抗。還有，你有爸爸、媽媽，他們會爲你的失蹤而痛苦，

而我卻沒有任何人會因為我的失蹤而哭泣……」

講到這，可憐的巴羅佐淒涼地苦笑了一下。這一笑使我對他更加同情並落下淚來。我緊緊地、緊緊地擁抱著他，說：

「可憐的蒂托！……」

他也抽泣著，緊緊地把我抱在懷中。當他放開我後，用手為我擦著眼淚說：

「斯托帕尼，你們今晚的行動很有利於我逃跑。你願意幫助我嗎？這是我請求我的秘密組織的夥伴最後一次幫我的忙……」

「看你說的……」

「那麼，你注意，當校長、校長老婆和廚子憂心忡忡地等待著皮埃帕奧羅亡魂的時候，你到你所熟悉的放煤油燈的房間去，用這把鑰匙把裏面的一扇門打開，裏面有一把很大的鑰匙，那就是寄讀學校大門的鑰匙。每天晚上都是用它把門從裏面鎖起來的。你拿著這把鑰匙到一層的走廊裏來……我在那兒等你。」

蒂托・巴羅佐說到這，緊緊地握握了我的右手，便很快地走開了。

校長他們將要在我們今天晚上採取的行動面前趴下來……

事情到底會進行得怎麼樣呢？

二月十三日

今天早上有多少事要寫啊！但從現在起我必須非常謹慎，不能有半點的疏忽，但是我又必須趕快把事情的眞相都記錄下來。

* * *

這就是事情的經過。

當然，昨天晚上我沒有睡覺。

附近教堂的鐘剛敲過，十一點半了……

我的夥伴們都睡著了……我起床穿好了衣服。

我看到基基諾·巴列斯特拉也起來了，他輕輕地踮著腳走到我跟前。

「躺到我床上來。」我咬著耳朵對他說，「我到壁櫥裏去了，到時候我在上面給你信號。」

他點點頭。我爬上了小床頭櫃，又從床頭櫃上進了我的「觀察哨」。

我把眼睛貼近小洞。那間屋子裏一片漆黑，但三個招魂者倒是沒有遲到。

廚子提了把小油燈，把它放到桌子上。三個人都面對著我……也就是面對著皮埃帕奧羅．皮埃帕奧利的像。

校長低聲地說：

「今晚我看好像他的眼睛更黑了……」

傑特魯苔夫人瞪了他一眼，張了張嘴巴。我很清楚，她想要罵校長笨蛋，但又怕他叔叔的亡魂在而沒敢罵。想起來，斯塔尼斯拉奧先生的話是完全有道理的，因爲卡洛．貝契在畫像的眼睛上挖了兩個窟窿，畫像的背後，也就是我待的壁櫥是黑洞洞的，當然就產生了這樣的效果——好像已故的寄讀學校創始人的眼睛睜得大大的。

過了一會兒，校長、校長老婆和廚子像往常那樣坐在桌子旁邊，靜靜地等著，注意著房間裏的動靜。

教堂的鐘敲了十二下。

廚子喊著：「皮埃帕奧羅・皮埃帕奧利！」

他搖了一下桌子。

傑特魯苔夫人小聲說：「你在嗎？」

房間裏靜得嚇人。

「可以同你說話嗎？」廚子問道。三個人都睜大著眼睛望著畫像。

輪到我說話了。我用吹氣一樣的聲音表示同意說話：

「是，是……」

三個招魂者激動得好像連氣都喘不過來。

「你在哪兒？」廚子說。

「在地獄裏。」我用吹氣聲回答。

「啊，叔叔！」傑特魯苔夫人說，「你活著的時候是那樣善良，那樣好！是什麼倒楣事害得你到地獄裏受罪的？」

「爲了一件事。」我回答。

「什麼事？」

「就是我把我的寄讀學校留給了不配管理的人去管理！」

我說這話時，故意提高了聲調，顯得我正在生氣。我的這些話就像許多瓦片砸在了三個招魂者頭上一樣。他們低下了頭，把手臂都放在桌子上。他們在無情的揭露面前垂頭喪氣，好像在懺悔著。

過了一會兒，傑特魯苔夫人說話了：

「啊，叔叔……我尊敬的叔叔……請你指出我們的罪過，我們可以改正。」

「你們自己清楚！」我嚴肅地說。

她想了一下，又說：

「請你告訴我……請你告訴我！」

我沒有回答。我早就計畫好不回答她的問題。這樣有利於我們的行動。此外，還有一件事正等著我去做。

「叔叔！……你再也不回答了？……」校長老婆用嬌滴滴的語調問。

我仍然沒做聲。

「你非常討厭我們嗎？……」她繼續問。

我老是不說話。

「他走了吧？」校長老婆問廚子。

「皮埃帕奧羅．皮埃帕奧利！」可恨的用涮盤子水做瘦肉湯的廚子說，「你還在這兒嗎？」

「是是是是……」我回答說。

「一直在這兒。」廚子說，「他不做聲就意味著不願意回答某些問題。應該問問他別的問題。」

「叔叔，叔叔！……」傑特魯苔夫人說，「可憐可憐我們這些不幸的人吧！」

這時，我把眼睛離開我在畫上最早摳的小洞，貼到卡洛．貝契在畫像眼睛上挖的洞上，看著三個招魂者，有時用左眼珠子動動，有時右眼珠子動動。

他們一直把目光注視著畫像，在發現畫像的眼珠子轉動之後，嚇得魂不

附體，都離開桌子跪了下來。

「啊，叔叔！」傑特魯苔小聲說，「啊，叔叔！可憐可憐我們！……我們怎麼才能改正錯誤呢！」

我正等著她說這句話。

「把門打開，我要上你們這兒來……」我說。

廚子站了起來，他臉色蒼白，像醉鬼似的跌跌撞撞地走去把門打開了。

「把燈熄滅，都跪下來等著我！」

廚子滅了燈。接著，我聽到了他們跪下的聲音，他跪倒在另外兩人旁邊。

偉大的時刻來到了！

我離開了我的「觀察哨」，走出壁櫥，從喉嚨裏發出一種好像打鼾的聲音。

躺在床上的基基諾．巴列斯特拉馬上從我的床上爬起來，悄悄地走出了房門。

他是去通知秘密組織的成員的，他們正手拿皮帶、撣子，準備衝進皮埃帕奧羅的房間裏去報仇。

我又重新鑽進了我的壁櫥，把眼睛貼在畫像的孔上，欣賞這一精彩的場面。

我覺得他們房間的門開開後又關上了，接著聽見了三個招魂者被揍時的嚎叫聲：

「啊，神啊！」「可憐可憐我們！……救命啊！……」

這時，我迅速地離開了「觀察哨」，走出房門，點著了一根我預先準備好的小蠟燭，走到放煤油燈的屋子裏，用巴羅佐交給我的鑰匙打開了門。根據巴羅佐的交待，我從門後取下了掛著的鑰

匙，跑到寄讀學校的大門口。

蒂托．巴羅佐已經等在那兒了。他接過鑰匙打開了門，然後轉過身來，用力緊緊地擁抱我，把我緊緊地貼在他的胸前。他吻著我，我們面頰上的淚水交融在一起了……

這是個什麼樣的時刻啊！我感到似乎自己在做夢……當我清醒過來時，已經只剩下我一個人靠在寄讀學校的大門上。

蒂托．巴羅佐再也見不著了！

我鎖上門，很快地順著原路回來，把鑰匙掛在老地方，關好放煤油燈房間的門，回到自己的寢室。我進去時很小心，生怕弄醒小夥伴們。

夥伴們都睡著了，唯一沒睡著的是基基諾．巴列斯特拉。他焦急地坐在我的床上等著我，他並不知道我出去的原因。

「他們都已經回到房間睡覺了，」他小聲地說，「嘿！那個場面！……」

他想說下去，但我讓他別做聲。我爬上床頭櫃，坐在壁櫥中，又示意基基諾也上來。他好不容易才擠進了「觀察哨」，我們倆好像沙丁魚似的在裏邊

擠來擠去。

從「觀察哨」裏看那房間似乎比剛才更黑了。

「你聽！」我輕聲地對基基諾說。

房間裏響著低低的嗚咽聲。

「是傑特魯苔的聲音。」我的同伴也輕聲地說。

校長老婆在哭泣，她時斷時續地用那嘶啞的聲音說：

「憐憫憐憫我們！寬恕我們吧！……我悔恨我做的一切！我下次再也不敢了！……憐憫我的靈魂吧！……」

「皮埃帕奧羅・皮埃帕奧利……我們可以點燈了嗎？」

這是那個發明瘦肉湯的流氓廚子的顫抖聲。

我遺憾沒有親眼見到夥伴們是怎麼揍他的，因此，很想看看他究竟被打成了什麼模樣。於是，我用噓氣聲回答他：

「是是是是……」

先是聽到有人摔了一跤的聲音，接著又聽到劃火柴聲。我看到火柴淡淡

的黃光在黑暗中來回晃，彷彿墓地裏的鬼火一樣，最後才把燈點著了。

嗨！這情景眞有意思，我一輩子也不會忘記它。

房間裏亂七八糟，桌子、椅子都倒在地上，桌子上擺著的鐘也被摔得粉碎。

在燈的這一邊，頭上被打得儘是青綠色腫包的廚子靠牆坐著，有氣無力地望著畫像。

校長老婆蜷縮在一個角落裏。她滿臉傷痕，頭髮蓬亂，衣服都被撕成了碎布條，眼睛也被打腫了。她一聲不響地以恐懼的目光盯著畫像。

由於悔恨和疼痛，她哭泣了一陣子後又對著畫像結結巴巴地說：

「啊，叔叔！你懲罰了我們，你懲罰得對！是的，我們不配當你創立的這個偉大的寄讀學校的校長，你爲這所學校花費了一輩子的心血……你派鬼來懲罰我們，鞭笞我們，我們毫無怨言……謝謝叔叔！謝謝！……如果你還想再懲罰我們的話，那麼就請吧！但是，我對你發誓，從今以後，我們絕不自私吝嗇，更不會殘暴地對待孩子們了！不是嗎？斯塔尼斯拉奧……」

她慢慢地轉過身來，目光掃過房間的每個角落。突然，她驚叫了起來：

「唉呀，上帝！斯塔尼斯拉奧不見了！……」

校長不在房間裏，這使我心裏一陣緊張，我們秘密組織的夥伴們把他弄到哪兒去了呢？

「斯塔尼斯拉奧！」校長老婆叫得更響了。

沒有回答。

這時，廚子提高了嗓門對畫像說：

「皮埃帕奧羅・皮埃帕奧利！那些懲罰我們的鬼，大概把我們可憐的校長帶到地獄裏去了吧？」

我不做聲，我想表示學校創始人的靈魂已經不在房間裏了……

「叔叔已經不在了！」

傑特魯苔舒了一口氣，好像是從巨大的恐懼中解放出來一樣。

「但，斯塔尼斯拉奧呢？」她說，「斯塔尼斯拉奧！斯塔尼斯拉奧！你在哪兒？……」

突然，從通向臥室的門裏晃出一個長長的身影，形象是這樣的滑稽，儘管「招魂悲劇」的陰沈氣氛還未消，廚子和校長老婆也忍不住大笑起來。

斯塔尼斯拉奧似乎比以前更乾癟更瘦了。他的頭變成了灰白色的，好像一個檯球；眼睛周圍一圈黑，表情又是那樣滑稽，讓人一看就要發笑。雖然我們使勁地忍著，但無論是基基諾．巴列斯特拉還是我最後都忍不住笑出了聲。

幸虧這時廚子和傑特魯苔也在笑，所以沒聽到我們笑。但是，校長好像聽到了什麼聲音，轉過身來用受驚的眼睛看

著我們……我們使勁忍，還是沒忍住，笑聲從鼻孔裏又鑽了出來。我們只好馬上離開「觀察哨」，儘快地擠出了狹窄的壁櫥。

基基諾回到了自己的床上，我們很快地脫了衣服，把頭蒙到被單裏。這時我的心跳得很厲害。

一夜我都沒怎麼合眼，我怕事情敗露了，突然會有人來查鋪。幸運的是這一夜沒發生什麼事，今天早上我還能把最近以來寄讀學校發生的事情，寫到日記上。

二月十四日

我剛有點時間，粗略地記下昨天的事。在這樣嚴峻的時刻裡，如果我的日記落到了校長老婆的魔爪中，那麼秘密組織所有的人都將受到牽連……因此，我要把它從箱子裏取出來，用細繩子繫在胸口，我倒要看看，誰敢從我身上搜！

下面是最近二十四小時裏發生的情況。

從昨天一直到今天上午，整個學校都是亂糟糟的，大家都在竊竊私語。外人一看就明白：學校裏一定出了什麼大事情。

蒂托·巴羅佐逃跑的消息傳開了。學校的學生們紛紛議論著這件事，都想進一步打聽有關的細節。可是學校的工作人員在同學中轉來轉去，有的像丟了彩票似的無精打采，有的瞪著發怒的眼睛，像員警在搜捕強盜一樣。

有消息說，學校已向四處發了電報，把逃跑者的特徵通知了地方當局；

同時嚴厲的調查正在學校裏進行。他們要查清誰是巴羅佐的同謀？是同學呢還是學校的工作人員。

在同學中還流傳著這樣的新聞：巴羅佐的逃跑，使校長老婆得了痲疹，因此必須臥床；而校長由於東跑西跑佈置任務，不小心撞傷了眼睛，又是噁心又是吐，所以頭上纏上了一條黑綢巾。可他的另一隻眼睛也烏紫烏紫的……

我和秘密組織的夥伴們，都清楚校長撞傷眼睛和噁心嘔吐是怎麼回事，但是我們不做聲，僅會意地對望一下。

吃午飯的時候，斯塔尼斯拉奧先生來到了食堂。儘管大家使勁憋著，還是不時從這兒或那兒發出笑聲。我看到同學們都在忙著用餐巾擦嘴，掩飾看到斯塔尼斯拉奧那副怪樣子的快活心情。

他多麼引人發笑啊！可憐的斯塔尼斯拉奧先生用黑圍巾纏著光禿禿的南瓜腦袋。我們秘密組織的成員們都知道，他頭上的腫包用假髮已遮蓋不住，而且他的假髮也不知道丟到何處去了（即使找到，現在也不能戴它！）。另一隻眼睛腫得也很厲害，淚汪汪的，好像是用平底鍋煎的半生不熟的雞蛋一樣……

「好像一個土耳其的傻瓜！」馬烏裏齊奧·德·布台小聲地說。他指的是像伊斯蘭教徒一樣纏著圍巾的校長。

後來學生被一個一個叫到校長辦公室問話。

「他們問你什麼？」我在走廊裏問一個剛從校長辦公室出來的學生。

「沒有什麼。」

我這時明白了，斯塔尼斯拉奧恐嚇學生，使得他們不敢透露一句被盤問的話。

我的這個判斷不多久就被馬里奧·米蓋羅基證實了。他走到我身邊，很快地對我說：

「當心！卡爾布尼奧已經有所察覺了！」

回到寢室後，我才知道我們作的事已經敗露……

「你被叫到校長辦公室裏去了嗎？」我小聲地問基基諾·巴列斯特拉，他

正好從我跟前走過。

「沒有。」他回答。

爲什麼所有的學生都被叫去了，唯獨我們兩個年齡最小的沒被叫呢？

這個例外引起了我的疑慮。我擔心有人對我進行了特別的監視，決定今晚不到「觀察哨」上去了。

我不知道在床上睜眼躺了多久。我翻來覆去地推測著，回想白天的情景。突然，上壁櫥的念頭又在我腦中盤旋，壓下去又冒出來，最後，任何要謹慎的想法對我都不起作用了，我決定再上去看看。

我先偵察了一下同伴們是否都睡著了。我的目光搜索了房間的每一個角落，看看是否有什麼密探在監視我。我輕輕地起了床，爬上了壁櫥……

唉呀！太意外了！……壁櫥裏面的牆被重新用泥抹過了，我曾花了很大勁起下的磚被重新砌好了。就在這可以活動的窗戶上，我看到過多少有趣的事，看到過他們是如何密謀的情景……

我不知道當時我怎麼沒有叫出聲來。

我從壁櫥上下到床頭櫃上，再從床頭櫃回到了被窩裏……我的腦中橫七豎八地出現了各種各樣奇怪的推想。這些推想使我估計到種種的可能性……一種比其他更有說服力的推斷告訴我：「是這樣的，斯塔尼斯拉奥先生聽到了你和基基諾・巴列斯特拉在皮埃帕奧羅・皮埃帕奧利畫像後面發出的笑聲，從那個時候開始，他模模糊糊地有了某種懷疑，而且這種懷疑越來越厲害。由於他對亡魂是否存有本來就將信將疑，所以今天早晨他搬來了梯子靠在牆上，爬到畫像上並把畫像取了下來，看看後面究竟有什麼。他發現了你挖的窗戶……後來他用泥把你的小窗戶給堵死了。他想知道這小窗戶是在誰的壁櫥裏，結果發現在加尼諾・斯托帕尼的壁櫥裏，也就是被人家稱之爲搗蛋鬼加尼諾的壁櫥裏！

我的天哪！我的日記，看來這個推測是正確的，我得做好準備，等待重大事件的發生……

誰知道寫完這幾行字，勉強度過這可怕的不眠之夜後，哪一天才能再把我的思想以及我的遭遇再寫到你的上面呢？我的日記！

二月二十日

新聞！新聞！新聞！

這一個星期裏發生了多少事啊！我遇到了那麼多事，以至都沒有時間把它們記下來……我所以沒忙著寫，也因爲我不想潦潦草草地記上我的這些經歷，我是在考慮如何把它們寫進小說中去。

我生活的經歷就是一部眞正的小說。我在回憶這些冒險經歷時，不能總是重複那些老一套的話。

唉！要是我有薩爾加利那樣的寫作天才就好了，我要寫下一部讓全世界的孩子看後目瞪口呆的小說，讓所有的海盜，不管是紅色的還是黑色的海盜都感到遜色……

好吧，我還是按老樣子寫。你，我親愛的日記，我不會使你受屈辱的。我想，儘管我寫上的東西很少有藝術性，但請你考慮到我是懷著誠摯的感情

寫的。

現在讓我們來看看這些新聞。首先，我是在家裏寫的，在我自己的房間裏寫的。

情況果眞是這樣，他們把我趕出了皮埃帕奧利寄讀學校。這當然是非常遺憾的，但是我終於回到了自己的家中，這又是非常非常幸運的。

還是讓我一件事一件事來說吧。

十四日早晨我曾有過憂鬱感，正如我曾在日記上寫的那樣，預感沒有欺騙我。

我走出房門，通過一些人的臉色和當時的氣氛，馬上感覺到有什麼大事情將要發生。

我碰見了卡洛·貝契，他很快地對我說：

「大點的同學都被叫去問過話了，除了我，米蓋羅基和德·布台……」

「儘是我們的人，」我回答說，「大家都被叫去了，除了我和基基諾·巴列斯特拉！」

「很顯然，事情全部敗露了。我知道，傑特魯苔夫人躺在床上指揮，她指使卡爾布尼奧審訊。當然，他是弄不清事情眞相的……我們大家約定好，如果我們被提審了，爲了不使事情更糟，一個字也不能回答。」

「我和基基諾．巴列斯拉也將這樣。」我舉右手宣誓道。

正在這時，一個値日生走過來對我說：

「校長叫你。」

我得承認，這個時候對我來講是最緊張的時刻，我感到血液都沸騰了……但是，當我被叫到校長面前時，卻又冷靜了下來，而且感到很自信。

斯塔尼斯拉奧先生頭上仍然纏著黑圍巾，青紫的眼睛變得更凶。他站在寫字臺後面看著我，但不說話。他以爲這樣能嚇唬住我，去他的吧，這只能嚇唬那些膽小的人，對我可不靈，我知道他這一套。我故意在他辦公室東走走，西走走，看著書架上放滿了的書。這些書有的是精裝的，裝飾著金邊，但這些書他可能從未讀過。

後來，他突然用嚴厲的聲調問我：

「你們，喬萬尼．斯托帕尼，十三日到十四日的那天晚上，你們有一個小時不在房間裏，是不是這樣？」

我繼續看著書架上的書。

「回答我！」斯塔尼斯拉奧先生提高了聲調，「是不是？」

他得不到回答，吼得更凶了。

「好吧，我問，你回答！告訴我，你們到哪去了？去幹些什麼？在什麼時候？」

這時，我的目光正落在靠寫字臺旁牆上的地圖上，我看著美洲……接著又看印度。

斯塔尼斯拉奧先生站了起來，敲著寫字臺，拉長了臉，瞪著我，接著又氣急敗壞地吼道：

「你知道嗎？你必須回答！嗯？無賴！」

我站著沒動，心裏想：

「他發怒是因爲我沈默，我是秘密組織成員中第一個被叫到他辦公室來

的！」

這時，寫字臺左邊的小門開了，傑特魯苔夫人穿著一件壓得皺巴巴的綠色睡衣走了出來。她的臉色也是青綠色的，眼睛裏流著淚水。她惡狠狠地轉過身來看著我。

「什麼事？」她問，「在這兒吼什麼？」

「這個壞東西不回答我的問題。」校長說。

「讓我來，」她說，「我說你永遠是一個……」

她說到這裏就停了下來。但我知道，當然斯塔尼斯拉奧先生也一定明白，她沒說出來的是「笨蛋」兩個字。

校長老婆三步併作兩步跑到我跟前。她像往常一樣凶，但說話聲卻很低。我覺察到她是強壓著怒火這樣說的。

「噢，不回答，嗯？流氓！那麼，前天晚上是誰放走了那個像你一樣的流氓、你的好朋友巴羅佐？我告訴你，有人看見你並聽見你講話了……啊！你以爲幹得挺漂亮。嗯？你一跨進寄讀學校的大門就造反，造謠惑眾……你

看，這些夠了吧？你們幹的無賴的勾當我們全知道了，根本就不用審你。我們昨天就通知了你爸爸，讓他快把你接走。這時候他恐怕已在路了……要是你不願在家裏待著，就把你送到教養院去，那兒是唯一能治你的地方！」

她抓住我的胳膊，不停地搖著：

「我們全都知道了！你唯一必須回答的是巴羅佐到哪兒去了？」

我不回答，她把我搖得更厲害了：

「回答！你知道他在哪兒！」

由於我繼續保持沈默，她絕望了，伸出手來要打我的耳光。我朝後退了一步，抓起一個日本花瓶也做了一個要朝地上摔的動作。

「強盜！殺人兇手！」校長老婆揮舞著拳頭罵著，「加斯貝羅，讓他滾蛋！」

值日生跑來了。

「把這個惡棍帶走，讓他去收拾東西！把巴列斯特拉帶到這兒來。」

值日生把我帶回了寢室，讓我換上進學校時自己帶來的衣服。附帶說一

下，我的衣服變短了，但寬大了許多。這說明寄讀學校能使孩子長高但不長胖。我開始整理著自己的行李。

值日生臨走時對我說：「你在這兒等著，不多會兒你爸爸就要來了。感謝上帝，過一會兒我們就有安靜日子過了。」

「總而言之，你比斯塔尼斯拉奧更笨！」我憤怒地回敬他。

他做出要自衛的樣子，對我吼著：

「我去告訴校長！」

「笨蛋！」我又罵了他一句。

他咬著一個手指頭生氣地走了。我對他說：

「如果你願意的話，就告訴校長，說下次我將對他不客氣了，明白嗎？」

說完，我大笑了一陣，不過笑得很勉強，因爲我比他更生氣。我既弄不清爲什麼我們的行動會完全敗露，又擔心秘密組織其他夥伴的命運。

現在事情的眞相大致清楚了：當我們在壁櫥中觀看那場夜間的鬧劇時，我和基基諾．巴列斯特拉的笑聲，使卡爾布尼奧發現了我們的「觀察哨」。當

我們正在上課時，他叫人把小視窗堵死並抹上了石灰。後來，他突然醒悟了：那個不幸的夜裏，他們挨的不是他老婆叔叔亡魂的打，而是挨了我們學生的打。於是，他開始問某個他所偏愛的學生，那天晚上哪些學生出了寢室。正巧他偏愛的學生那天晚上醒著，看見誰走出了寢室，於是就告了密。

當然，奸細至少有兩個：一個年齡稍大一點，他告發了住在一另一個寢室的馬里奧・米蓋羅基、卡洛・貝契和馬烏裏齊奧・德・布台；一個年齡稍小，他告發了我和基基諾・巴列斯特拉。

另一件事情也清楚了：斯塔尼斯拉奧爲什麼只審問有關巴羅佐逃跑的事，卻隻字不提挨打的事呢？這全是他老婆出的主意。因爲他們知道，招魂挨打這件事，雖比巴羅佐逃跑的事更嚴重，但不能追查。因爲追查就等於承認這件事，消息一傳開，校長、校長老婆和廚子將無臉見人！

不過，正當我在猜測和聯想時，腦中不時地總冒出一個問題：

「爲什麼秘密組織的夥伴們，給斯塔尼斯拉奧先生取了一個卡爾布尼奧的外號？」

我驚奇地發現自己竟從沒有問過爲什麼，而這個問題本來卻是很容易得到解答的。當我現在馬上就要永遠離開這所寄讀學校時，必須要弄清這個疑問。

我看見米蓋羅基從走廊裏走過來，馬上跑去問他：

「告訴我，爲什麼人們叫斯塔尼斯拉奧先生爲卡爾布尼奧？」

米蓋羅基非常驚奇地望著我。

「怎麼！」他說，「你還這樣輕鬆，難道他們沒有審問你？」

「是的，審過了，我就要滾蛋了。你們呢？」

「我們也是。」

「那好。不過我想在滾蛋前知道，爲什麼你們叫斯塔尼斯拉奧爲卡爾布尼奧……」

米蓋羅基笑了起來。

「你看看羅馬歷史就知道啦！」他說完就溜走了。

就在這時，和我同寢室的名叫埃齊奧．馬西的同學過來了。他望著我，

臉上露出不懷好意的笑容。

這一笑，使我得到了啓示。我想起馬西有一次說他怕我揍他。我知道他是傑特魯苔夫人的得意門生之一……因而對他產生了懷疑：

「是他告的密！」

我沒有再多想什麼，拉住他一條胳膊，把他拖到寢室裏，對他說：「你聽我說，馬西……我跟你說一件事。」

我覺得他渾身在發抖。我考慮如果是他告的密，應該怎麼報復他。在把他從寢室門口推拉到我床前時，我想好了一個計策。爲了能讓他按我的意思去做，我輕輕地揪住他，請他坐到我的床上，並用世界上最甜蜜的微笑望著他。

他的臉變得像死人一樣的蒼白。

「你不用害怕，馬西，」我用甜蜜的聲音說，「我請你到這來，完全是爲

埃齊奧・馬西

了感謝你。」

他疑惑地望著我。

「我知道是你對斯塔尼斯拉奧先生說我前天晚上出寢室了……」

「我沒說！」他不承認。

「你不要不承認，他已經對我說了。你知道嗎，正因爲這樣，我才要感謝你。因爲你幹的事，使我非常高興……」

「但我……」

「你難道不知道我再也不願意待在這裏嗎？你難道不知道我幹的這一切，正是爲了讓他們趕走我？你沒看見我現在快要走了，我爸爸過一會兒就要來把我接走。你幫了我的忙，所以我在臨走前要同你在一塊待一會兒。」

他還是不放心地望著我。

「既然你幫了我的忙，那麼請你幫我再做一件事。你記住……我現在要到隔壁寢室裏去同我的朋友告別，我答應過他，把我在這裏的制服留給他做紀念。你在這裏等我一下，如果值日生來，你就對他說我馬上回來，好嗎？」

這時馬西再也不疑心了，他顯得非常高興，好像得了什麼便宜。

「看你說的……」他對我說，「去吧，我在這兒等你！……」

我跑進寢室附近的圖畫室，把自己的制服攤在桌子上，用粉筆在衣服背後寫上了「奸細」兩個字。

寫好後我馬上往回跑，到了寢室門口放慢了步子，提著衣領，把衣服折起來，目的是不讓馬西看見衣服上面寫的字。

「沒找到我的朋友，」我說，「來不及了！既然他人不在，那麼我們互相交換好嗎？我把我的衣服給你，你把你的那件給我，這樣我一看到你的衣服就想起了你的幫助。來，讓我看看你穿我的合不合身，好嗎？……」

我輕輕地把我的上衣放到床上，幫他脫下他的上衣，接著把我的給他穿上。我裝得很自然，使他看不出我有什麼別的動機。

當他穿上我的上衣後，我替他扣好了扣子，用手拍拍他的肩膀說：

「親愛的馬西，這衣服太合身了！」

他看了看鈕扣，一點也不懷疑，站起來同我握手……但我裝著沒看見，因爲我討厭握一個奸細的右手。他對我說：

「那麼，再見了，斯托帕尼！」

我又拉起了他的胳膊，送他到門口，說：

「再見，馬西。你怎麼不說聲謝謝？」

我看著他背著他應得的兩個不光彩的字，在走廊裏走遠了才回寢室。

過了一會兒，值日生來對我說：

「準備好，你爸爸來了。他正在辦公室與校長斯塔尼斯拉奧先生說話。」

這時，我突然想，如果我現在去校長辦公室，把校長想掩飾的事，從用涮盤子水做瘦肉湯到他們招魂的事告訴爸爸，怎麼樣？但是，遺憾的是經驗告訴我，小孩在大人面前總是錯的，特別是他們認爲有理的時候更是這樣。

何必自找麻煩呢？到時，校長將會說我的話都是孩子的謊言，是污蔑和中傷；我爸爸又肯定更相信他的話。所以最好還是沈默，聽候命運的擺佈。

事實上，爸爸來接我時，我一句話也沒有說。

由於很久沒見到爸爸，我本想跳上去摟住他的脖子，可是他對我冷冰冰的，只是嚴厲地看了我一眼，說了一個字：

「走！」

於是我們出發了。

在馬車上，爸爸一句話也沒說，只是到了家門口，叫馬車夫停車時才說：

「到家了！」他說，「但是你回來，對家裏是件倒楣的事。對你來講，只有教養院才能把你改好，我把話先跟你說清楚。」

這句話把我嚇得要命，不過害怕一瞬間就過去了，因爲我一下車，就幸福地被流著淚的媽媽和阿達姐姐擁抱在懷中了。

我永遠也不會忘記那個時刻。要是當爸爸的瞭解他的兒子對他是那樣好，也會像媽媽那樣流著淚擁抱兒子的。他眞不該像暴君似的對待兒子，因爲這樣做對我們兩人沒有一點好處。

第二天，也就是十五日，我知道基基諾・巴列斯特拉也被遣送回家了，原因是參與了二月十二日的陰謀。但是，這個日子在義大利，甚至在全歐洲寄讀學校的歷史上，都是值得紀念的。

基基諾被遣送回家，對我來說是一件值得高興的事。我可以經常和我的好朋友在一起了……此外，我巴不得馬上到他爸爸的店裏去吃上幾次甜點心……不過要等他那個社會黨的爸爸不在店裏的時候才能去。因爲他爸爸是一個想讓麵包都歸他一個人所有的社會黨人！

昨天，我又獲悉了另外一個消息——威納齊奧先生，就是那個被我釣走他唯一一顆牙齒的老頭，情況似乎很壞。我的姐夫正非常焦急地等待繼承遺產。

這使我回想起一件事，聽說，馬拉利知道我要從寄讀學校回來的消息後，對阿達姐姐說：

「爲了保持近日來叔叔對我的好感，使我能夠順利地繼承遺產，請你留神，不要讓他來我家。」

他大可不必害怕，我不會去他家的。因爲我已經答應媽媽和阿達，一定要安分守己，以便爸爸不把我送到他所威脅我的教養院去。送進教養院，無論對我，還是對我的家來說，都將是個恥辱。近五天來，我已表現出自己這一次是說到做到，是一個有頭腦的孩子了。

果眞，今天早晨媽媽又擁抱我又吻我，並對我說：

「不錯！加尼諾！這樣下去，你爸爸媽媽就高興了！」

這話並不新鮮，但我體會到這是善良的媽媽爲了兒子好，便向她保證，自己一定保持下去。

我一直認爲媽媽比爸爸講理多了。事實上，當我告訴媽媽，我在寄讀學校裏盡喝大米粥，以及星期五吃那瘦肉湯的事時，她說我做得對，並向我姐姐說：

「誰知道他們吃的竟是這種髒東西，可憐的孩子們！」

二月二十一月

看來，爸爸看到我改正了缺點，打算請一位家庭教師幫我準備年底的考試。好啊！

今天，我終於見到了基基諾・巴列斯特拉。正巧我姐姐阿達有一個朋友，也就是切西拉・波尼小姐，她家住在基基諾附近。由於今天我姐姐要去看她的朋友，我也趁這機會同她一塊去看我的朋友。

我們談了多少共和經歷過的冒險的事啊！

我突然想起了那個沒有答案的問題：「爲什麼在寄讀學校裏，大家都叫斯塔尼斯拉奧先生卡爾布尼奧的外號呢？

「有人對我說，在羅馬史中可以找到答案。卡爾布尼奧這個名字我從書中找到了。可是卡爾布尼奧是什麼意思？爲什麼他們把這個外號加到校長頭上，我卻不明白。」

基基諾・巴列斯特拉笑了。他從書架上取下一本《羅馬史》，找了一會，找到了幾頁記述朱古爾塔戰爭的地方讓我看。我念了這一段，並把它原原本本地抄到了我的日記上。書上說：

「後來，朱古爾塔百般折磨並殺死了他的堂兄，爲了掩蓋自己的罪惡，他以金子賄賂左右的人。但是，羅馬法官卡伊奧・梅米奧在廣場上宣佈了朱古爾塔的罪行，參議院放逐了這個不義的王子……次年，讓另一個執政官司繼續戰爭，這個執政官司名字叫魯齊奧・卡爾布尼奧・貝斯蒂亞【貝斯蒂亞：這個音在義大利語中是畜生的意思。貝斯蒂亞是執政官的姓，努齊奧・卡爾布尼奧是他的名字。叫校長卡爾布尼奧等於罵他是畜生。】……」

「你明天十點左右到店裏來，那時我爸爸正在開競選會……我在店裏等你。」

我知道正在競選議員，因爲原來的議員突然瘋了。新的候選人有兩個，一個是評論家、切基諾的叔叔加斯貝洛・貝魯喬，另一個是我的姐夫馬拉利律師。

我想起去年十二月，就是開汽車闖禍的前一天，我同切基諾爭論過誰有可能當議員，想不到今天他們兩人眞的參加競選了。

基基諾·巴列斯特拉認爲，馬拉利可能會當選。他是在一個偶然的機會知道馬拉利的。基基諾的爸爸不僅是個麵包商，而且也是他們黨內的一個領袖，基基諾聽他爸爸說，這次社會黨無論如何也要把議員席位奪回來，並說已經勝利在望。

說到這，他拿出一份《未來的太陽》的小報，報上登著同《全國聯盟》報辯論的文章，《全國聯盟》報是支持切基諾的叔叔競選的。

基基諾讓我看了上面的文章，對我說：

「爸爸現在沒有時間參加所有的會，他總是在寫文章……不過明天我們可以放心，他不會到店裏來。你一定來啊！」

二月二十三日

今天我吃了瀉藥。

我眞不明白，爲什麼那麼好吃的甜食會吃壞肚子，而那麼苦的瀉藥卻能治肚子疼。事情是這樣的，昨天我吃了二十多個甜點心，全都是杏仁的。看起來，我肚子疼是因爲杏仁吃得太多了。

昨天，基基諾·巴列斯特拉在約定的時間，也就是十點鐘，等在店門口。他給我使了一個眼色，意思是讓我等一會兒再進去。於是我就在外面兜了一圈，等他給了我暗號才進去。這時，店裏已沒有其他人了。

「你必須快點吃。」基基諾說，「我爸爸過一會兒還要回來。」

我狼吞虎嚥地吃著：一口塞進四個小杏仁餅……結果吃得太猛太快，感到肚子很不舒服。我剛回到家，就覺得胃脹得很，頭也發暈，最後就病倒了。

當然，我沒說我的病是由於吃杏仁餅引起的……這樣做的目的是爲了不連累我的朋友基基諾・巴列斯特拉。

二月二十四日

今天早上，傳來了一個令人傷心的消息，威納齊奧先生昨天晚上死了。可憐的威納齊奧先生！我承認他有點古怪，但他是一個好人。他的死使我非常悲傷。

我原以爲還能見到他……可憐的威納齊奧先生！

二月二十五日

多麼激動人心的一天！

將近夜裏十二點的時候，家裏的人都睡著了。我一個人待在自己的小房間裏，和我的秘密，和我非常秘密的日記在一起。不知道什麼原因，我笑，我哭，我顫抖，我費勁地在日記上寫下我一生中最重要的事情。在寫這事的時候，我時刻擔心被人發現……

不！在這本日記上，我已經把我所有的行動，每一個想法都寫上了。但我感到還必須抒發一下自己現在的感情，我非常激動……

不過，我先要檢查一下我的日記，看看是否缺了哪一頁。

是的，都在，二百頁……一張也不少。我儘量努力使自己平靜下來，平心靜氣地接著昨天的寫下來。

「可憐的威納齊奧先生！」我昨天寫到這裏。

我也寫到他死的消息使我非常難過，事實確實是這樣。因爲從根本上來講，那個又癱又聾、人人都希望他死的老人對我很好。現在他死了，他在天堂裏能夠看到事情的眞相的，能夠明白我釣走他唯一的牙齒不是出於壞心，而只是想和他鬧著玩。當然，要是我能預料到它的後果的話，我也不會這樣做。不過事情也被我姐夫誇大了，因爲老人嘴巴裏僅有一顆蟲蛀過的早已磨鈍了的牙，我相信就是少了這一顆牙，也不會縮短他一分鐘的壽命。

聽到威納齊奧先生死亡的消息，我難過了一陣兒就忘了，直到一件奇怪的事發生，才又使我想起了他。

九點半左右，正當我吃著第三個塗黃油的小麵包，喝著加了很多糖和奶的咖啡時（不是我嘴饞，因爲每天早上我總是在牛奶咖啡裏放很多的糖，並且喝得很多，因爲只有這樣才可以吃更多的麵包和黃油），我突然聽到叫我的聲音：

「加尼諾！加尼諾！……快到這兒來……」

阿達就是這麼叫的，如果不是她叫我的聲調同往常不一樣，我肯定不會

理她，連動都不會動……

我跑到門口，看見她和媽媽在一起，兩個人都在議論著手裏拿著的一封信。

「你看，加尼諾，」媽媽見我來了，馬上對我說，「這是你的信……」

「那麼，你們爲什麼把它打開？」我看到信後馬上說。

「好啊，你眞行！我是你的媽媽，我有權看看是誰寫給你的，我認爲……」

「那麼是誰寫給我的？」

「公證人切阿比騎士寫給你的。」

「他寫信給我幹什麼？」

「你看。」

於是，我疑惑不解地讀著信，信如實地抄在下面：

公證人　台米斯托克萊．切阿比騎士
喬萬尼．斯托帕尼先生

作為公證人，我受理履行死者威納齊奥．馬拉利先生的遺囑，請允許我抄錄遺囑中有關你的兩段話：

「第一，我希望並請求，在宣讀我的這份遺囑時，除了同我有關的人，我的侄子卡洛．馬拉利律師，他的女傭人、純潔的切西拉．瑪利婭和市長喬萬尼．薩爾維亞蒂爵士外，請上面提到的卡洛．馬拉利的內弟、小青年喬萬尼．斯托帕尼也到場，儘管我的遺囑同其無關。我之所以希望他到場，是因為我和他很熟。我希望在宣讀我的這份遺囑時，小青年斯托帕尼能清楚地看到人間財產的虛偽性，並對未來有一個崇高的生活目的。為此，我委託公證人台米斯托克萊．切阿比騎士去喬萬尼．斯托帕尼所在的地方把他接回來，一切費用由我負擔，有關錢的數額見第九節。」

關於死者的願望，上文中已經說清楚了。我在今天下午三點，將派一個我所信賴的人到你的住所，並由此人陪你坐車到維多利奧·艾瑪努埃萊街十五號二樓我的辦公室，在那裏將宣讀死者威納齊奧·馬拉利的遺囑。

公證人　台米斯托克萊·切阿比

「我親愛的加尼諾，你看後好好回憶一下……」媽媽在讀完公證人的信後說，「你想想，在馬拉利家裏的那些日子裏，你還幹了什麼事……沒幹什麼別的壞事吧？」

「哪裡！」我回答說，「就是牙齒的事……」

「那就奇怪了！」阿達說，「從來沒聽說請一個孩子去參加宣讀遺囑的儀式的……」

「是不是你走後又發生了什麼事，」媽媽接著說，「不過，你拔掉了他那顆牙齒後，他仍是好好的呀……」

「還有，」姐姐說，「信裏講得很清楚：『儘管這遺囑同他無關……』」媽媽說：「不管怎樣，這事不要告訴你爸爸，知道嗎？你從寄讀學校回來一直表現不錯，我不願意因爲過去的事把你送進教養院去……」

我們商量好，讓卡泰利娜下午三點前等在門口，馬車來時讓車夫不要按鈴；我呢，就悄悄坐上公證人派來的車。爸爸要是問起的話，媽媽和阿達就對他說到奧爾卡夫人家去玩了。

我也不想描繪我是怎麼焦急地等待著三點的到來。卡泰利娜終於上樓來叫我了。我溜出家門上了車。車裏坐著一個穿著一身黑衣服的人，他問我：

「您是喬萬尼·斯托帕尼？」

「是的，我這兒有信……」

「好極了。」

不一會兒，我進了公證人切阿比的辦公室。市長已經等在裏面了。過了一會兒，我姐夫馬拉利也來了。他一見到我顯得很不高興。我裝著沒看見

他，反而同他的女傭人問好。她是跟著馬拉利後面進來的，坐在我旁邊，問我近來怎樣。

公證人切阿比坐在安樂椅上，他前面擺著一張方桌子。這個公證人的樣子真逗人笑：矮矮胖胖的，圓圓的臉，頭上戴著一頂老頭戴的帽子。由於帽子上的纓穗老是拖在耳朵上，他總是搖著腦袋企圖把它甩開，就像一個額頭上長著長髮的人，總是把長髮甩到後面去一樣。

他看了看大家，接著又搖了搖鈴，說：

「證人！」

這時候，兩個穿一身黑衣服的人，站在我和公證人中間。公證人拿起一

個夾子，帶著鼻音開始讀起來，他讀遺囑的音調就像在念禱詞一樣。

「我榮幸地以在位的維多利奧・艾瑪努阿萊國王陛下的名義……」

下面是一大堆冗長的話，我一點也聽不懂，直到念到威納齊奧先生臨死前口授的話時，我才每句話都聽懂了。

當然，我不可能確切地回憶起每一句話，但我能記起他各種遺產的數字，回憶出他口授的遺囑內容。我覺得他是用一種非常古怪的方式口授這份遺囑的。遺囑充滿著嘲弄的口氣，似乎可憐的威納齊奧先生在臨死前，還在開一個大家都摸不著頭腦的大玩笑。

他的第一個意願，就是從他的遺產中拿一萬里拉給切西拉。我無法形容公證人讀到這段遺囑時場上的情景。切西拉聽到這個幸運的消息都暈倒了。大家圍在她身旁，只有馬拉利除外，他臉色蒼白得像死人一樣，兩眼盯著他的傭人，好像要把她吃掉一樣。

然而，聽到威納齊奧先生解釋，為什麼把這麼多錢留給這個年輕的女傭人時，又覺得他這樣做，是爲了取悅於他的侄子。

「我留下這筆錢給提到的純潔的切西拉（下邊都是這麼說的），首先是表示我對她的謝意。我在侄子家度過的我一生最後的幾年中，無論從哪方面來講，她對我好得甚至超過了我的親戚。我特別感謝她經常叫我『水果凍』的外號，這個外號是形容我由於癱瘓不斷地顫抖。」

我記得很清楚，正是我把這件事告訴威納齊奧先生的。如果切西拉現在知道她爲什麼能得到這筆可觀的遺產的話，那麼她應該感謝我。接著，威納齊奧先生繼續解釋說：

「此外，我所以用特別的方式，做出這個有利於好姑娘切西拉的決定，是因爲受到了我侄子正確的、健康的政治理論的影響。他總是告誡說，在世界上不應該存在奴隸和主子。我相信他一定會支持我的這種做法，使得純潔的切西拉再也不用在他家做傭人，而對於我侄子來說，也不用做主子了。」

念到這裏，馬拉利律師朝著市長低聲地叨嘮著：

「唉……眞是！……我的叔叔怎麼這麼天眞……」

市長微笑著沒說話，但他的笑容卻含有某種嘲諷的味道。這時，公證人

繼續念著遺囑。另一段話是這樣說的：

「我一直是尊重高尚的利他主義理論的，而這正是我侄子信仰的社會、政治理論的基礎。在我看來，把我的錢留給我的侄子是一種錯誤，是違背這種理論的。我的侄子一直是激烈反對金錢和特權的，首先是反對遺產的。因此，我把上面提到的財產都留給這個城市的窮人。對於我親愛的侄子，鑒於他對我的感情、對我的恭敬和長期以來他的願望，我把被他內弟喬萬尼・斯托帕尼拔掉的我最後的一顆牙齒留給他，作爲紀念。我特意給這顆牙鑲上了金邊，可以用作領帶別針。」

公證人從一個匣子裏取出一個大別針。這只大別針正是我從可憐的威納齊奧先生張開的嘴巴裏拔出來的那顆蛀牙。

看到這顆牙齒，我忍不住笑了起來。

馬拉利律師從來沒有這麼反常過，他像一下子老了十歲，整個嘴唇都在發抖。看來他在使勁控制自己。突然，他伸出拳頭對我說：

「流氓！你在笑自己的流氓行爲吧！」

他惡狠狠的話，使得大家都轉身望著他。公證人對他說：

「冷靜一點，律師先生！」

他把裝著可憐的威納齊奧先生那顆牙齒的匣子遞給了馬拉利，但馬拉利先生卻用手把它推開，說：

「把它給這個孩子吧！……是他從死者的嘴巴裏拔出來的！我送給他做禮物！」

他笑了笑，但是大家都明白他的笑是被迫裝出來的，是爲了彌補他剛才的失態。

最後，他在公證人遞給他的證書上簽了字，向公證人道了別就走了。

在市長同公證人商量怎麼分配可憐的威納齊奧先生留給窮人的錢時，切西拉對我說：

「你看，喬萬尼先生，主人發脾氣了。」

「他可能是和我發脾氣。」

「唉，誰知道家裏會發生什麼事，我都不敢進他家的門了……」

「你不用擔心，你已經是一個……你是怎麼給癱瘓的老人起了這麼一個外號的？……」

這時，市長同公證人已商量好並在證書上簽了字。公證人叫切西拉明天再到這兒來一次。

這樣，屋裏就剩下我一個人了。公證人打開他寫字臺的抽屜，拿出一卷東西。他戴上眼鏡，看著我的臉，對我說：

「已故的威納齊奧・馬拉利先生確實是一個古怪的人，但是我不應該來評論他。作爲公證人，我的職責是遵循他的遺囑，把他交待的事一件一件辦妥。威納齊奧先生曾親自對我說：『我這兒有一卷一千里拉的票子，都是五里拉一張的。我死後，請你悄悄地給我侄子的內弟喬萬尼・斯托帕尼，不要讓人看見，也不要讓人知道。請他自己把錢收起來，他願意怎麼花就怎麼花，但讓他別告訴別人。』」

這些話使我愣住了。公證人在說這些話時，好像在背誦課文一樣，老是一個語調。他摸著我的頭，接著對我說：

「已故的威納齊奧先生告訴我，你的親戚們都對你絕望了……」

「不過，這麼多天來我表現很好！」我回答說。

「不錯！但你要注意，不要亂花錢。已故的威納齊奧先生留給你這些錢時，並沒有對你有任何的約束和監督，他對你表示了極大的好感和信任……或許因爲這，或許是因爲他古怪的秉性，使得你能得到這麼多錢，使得你可以用來做你想做的事。我相信，我有責任給你勸告，作爲執行遺囑的公證人，我覺得我應該這麼做。」

他交給我一卷錢，接著把裝有死者牙齒的匣子也交給了我：

「這匣子你要不要？是你姐夫送給你的。拿著吧！現在我讓人陪你回家。」

我被這些突如其來的事弄糊塗了，以至在告別時都忘了說聲謝謝。在辦公室門口，那個穿著一身黑衣服的人陪我下了樓，又用車把我送到了家門口。

爸爸不在家，媽媽和阿達馬上圍著我，問了許多問題。

當她們知道威納齊奧先生把他的遺產都送給了城裏的窮人、馬拉利只拿到一枚鑲金的牙齒別針並且還送給了我時，她們發出了一連串的驚歎：

「怎麼！……怎麼可能呢！……爲什麼？……爲什麼？……」

不過，我總是回答她們說我不知道。當她們停止問我問題時，我回到自己的房間裏，把錢鎖進了抽屜裏。

這天，我裝得像沒事一樣，但心裏卻很不平靜。吃晚飯時，爸爸發現我的神色不對，就問：

「能告訴我今天晚上你有什麼事嗎？我看你像隻鷹似的。」

當我一個人待在房間裏時，終於舒了一口氣，心情也平靜了下來。我默默地看著錢，把兩百張五個里拉的票子數了一遍又一遍，數完後把它們鎖在寫字臺抽屜裏，過一會兒又把錢取出來，又重新數了一遍，接著又把錢鎖好。這樣，取出來放進去，不知道多少回，但總是不放心……

我覺得我變成了兩年前看過的一個歌劇中的老頭，但並不是像他那樣貪得無厭地盯著自己的錢！我在短短的幾小時裏做了許多夢，這天晚上是我出

生以來第一個不眠之夜！……

好了，我看該上床睡覺了……我鎖上了我的抽屜。晚安！

二月二十六日

天剛亮，我又把兩百張五個里拉的票子數了一遍。這兩百張票子就像是兩百個問題擺在我的面前一樣。

「怎麼辦呢？」

自從有了這筆錢，我變得沒主意了。我滿腦子都是想法，滿腦子的擔心和害怕。今天晚上我又沒能閉上眼睛，總是突然驚醒，因爲我老是怕小偷進來把我的一千里拉偷走；也怕爸爸問我錢是從哪兒來的？鬧得不好，還會失去這筆錢。

不管怎麼樣，我要把它們收藏好，放在抽屜裏不保險，家裏可能還有一把能打開我的抽屜的鑰匙。媽媽和阿達可以很容易地搜查我的抽屜。

第一件必須做的事就是買一隻保險箱。箱子要小，小到可以藏到衣櫃底下。那兒放著我小時的玩具。

至於怎麼花這筆錢，我想了許多。有兩個想法老是在我腦中轉來轉去：買一輛汽車，或者是開一個麵包店，就像基基諾·巴列斯特拉的爸爸開的那樣……

走著瞧吧！我拿了二十張五個里拉的票子放在口袋裏去買保險箱……

我又重新回到了我的小屋子裏，大家可能都睡著了，只有我同我的錢。錢終於很安全地藏在衣櫃底下了……

*　*　*

有一個裝著一千里拉的保險箱，讓人多滿意啊！……等一下，現在已經沒有一千里拉了，而只有七百三十一里拉了，因爲我今天隨隨便便地花了二百六十九里拉！

但是，每一筆錢都是該花的，開銷都記在我的出納本上。它是花了一個里拉買來的。下面是我今天的開支情況：

	收　　入	支　　出
可憐的威納齊奧留給我的錢	1000（里拉）	（里拉）
出納本		1
施　捨		15
保險箱		250
甜　食		3

在我的出納本上還有備註欄，但這一欄我什麼也沒寫，因爲我要寫到備註欄中的只有一條：花得最不值得的就是施捨的錢。

今天早上我剛出家門，在聖・加爾塔諾教堂的臺階上遇到了一個叫花子，他問我要錢，我馬上從衣袋裏掏出一張五個里拉的票子扔進他的帽子裏。帽子是放在他盤著腿的膝蓋上的。

他做了一個吃驚的動作，抓起票子仔細地對著太陽光檢查著，然後問我：

「小先生，這票子不會是假的吧？」

這時，從臺階的另一邊又跑來一個叫花子，他仔細看了票子後說：

「沒問題，是眞的。小先生，你也給我一張吧！你還沒給我呢。」

爲了避免不公平，我也給了他一張。這時，另一個在教堂門口乞討的瘸子看見了，使勁地朝我撲來，向我要，我照樣給了他五個里拉。精彩的情景是：當我痛快地把手伸到衣袋裏去掏錢時，我完全沉溺於慷慨施捨的快樂中，甚至一點沒想到他們仔細看票子和向我撲來的奇異表情。

後來，我又到了巴列斯特拉麵包店裏，一口氣吃了三個里拉的甜點心。吃完後覺得胃有些難受，可能是吃得太猛，也可能是吃多了。這種點心在甜食裏是最不容易消化的。

總的來說，這個錢花得值，我不後悔。

另外一件非常複雜的事是買保險箱。我眞沒想到，用自己的錢到商店買自己必須而且想要買的東西，是這樣的困難！

我走到第一家商店，對他們說我要買一隻保險箱。店裏的人都笑了，儘管我堅持要買，他們卻說：

「小孩子，快走吧，我們還有別的事情，沒時間同你開玩笑！」

在另外一家商店，人們也以同樣的態度對待我。我火了，說：

「你們以爲小孩子就沒錢嗎？」

我從口袋裏掏出一把錢來。

這時，店裏人的態度馬上就變了，稱起我「您」來。不過，他們還不想賣給我保險箱。他們抱歉地對我說，他們不能把這種東西賣給小孩，讓我同爸爸一起來買。

「哼，我到其他店裏就買不到嗎?!」

幸好，正當我從衣袋裏掏出錢來的時候，店裏有個小青年看見了。在我剛要離開店裏時，他走近我說：

「眞好笑，難道從今以後買東西還要憑出生證明嗎！……」

我當然很同意他這種正確的觀點。這時，他問我：

「你想買什麼？」

「我想買一隻保險箱，」我回答說。「但是要一個小的……」

「你要買多少錢的？」

「……我不知道。但我要一隻很牢固的保險箱，你明白我的意思嗎？」

小青年想了一下，盯住我看了一會兒，然後對我說：

「三百里拉的怎麼樣？……」

「啊，有點貴。」

「貴？瞎說！你難道不知道還有幾千里拉的保險箱嗎？你可以買一隻過時的保險箱……也許很容易找到，價錢不貴，也同樣好用。」

「那麼，到哪兒去找呢？」

「你跟我來吧！我有不少朋友在店裏當夥計，他們都是些不錯的人，賣東西很公道，不會像首飾店裏以假騙人……」

他陪我走了好幾家店，領我看了各式各樣的保險箱。我這時才覺得，想要買一隻我想要的保險箱確實很困難。這個小青年倒眞熱心，他仍陪著我一個店一個店地走著。要是店裏有他的朋友，他就先進店裏去談，讓我在店外等著。我們走到最後一個店，他同老闆談後一起走了出來，給我看了一隻大小正合我心意的保險箱，只是箱子已經生銹了。

我當然先問他價錢，經過討價還價，最後講定二百五十里拉。我把衣袋

裏的錢都給了老闆，讓他下午五點把箱子送到我家來，因爲那個時候爸爸不在家，媽媽和阿達也要串門子去。

我眞的有了一隻保險箱。下午五點，我把欠的錢給了老闆，一共是一百六十八里拉，另外八十二里拉我已經付過了。

現在我很高興，因爲我有保險箱了，再也不用害怕錢丟了！

二月二十七日

地平線上出現了烏雲。

今天，爸爸訓了我一個小時，他什麼話都說了，最後還是那句老話：我註定要把家毀了。

據說，爸爸所以講這些話，是因爲馬拉利律師告了我的狀。他說，由於我的緣故，使他失去了他叔叔的一大筆遺產。

但是，我得說，即使是這樣的話，現在重新責備我過去的錯誤，這種做法對嗎？況且我已經因爲這些所謂的錯誤，進過寄讀學校了。

他們總是這樣！總是不講理，總是蠻橫！

我默默地聽著訓斥，等他訓完後，我向爸爸道了歉，就去了巴列斯特拉的麵包店。在那兒，我吃了十二個各式各樣的點心才解了饞。

從麵包店出來時，我碰見了基基諾・巴列斯特拉，我把挨罵的事告訴了

他，不料他講的情況使我大吃一驚。

「馬拉利律師說，是他勸他叔叔把錢留給窮人的！……」

「什麼！」

「你跟我到家去，我給你看樣東西！」

我們到了他的家。基基諾讓我看了最近一期的《未來的太陽》報，上面有一篇文章，標題是：「我們的候選人反對繼承財產的特權。」

我把基基諾送我的那篇登在報紙上的文章拿回了家，並把文章開頭一段抄在這裏。我覺得這樣做很好，因爲從一個孩子抄的這段文章裏，大家可以看到大人的報紙也會顛倒黑白的：

「雖然我們對尊敬的朋友馬拉利律師的看法還不成熟，並且由於他謙虛的美德，肯定會反對我們這樣做，但我們也絕對不能對他崇高的行爲緘默不語。這件事表現了他的言行一致，他生活中做的每一件事，都是遵循他信仰的政治準則的。

我們的候選人具有高尚的道德，他慷慨地把他生病的、極其有錢的叔叔請到家中住，他當然是他叔叔財產的繼承人……將是第一個有權繼承財產的人。但是……他沒有讓他叔叔把大筆的財產留給自己，而是誠懇地請示他叔叔把遺產送給城裏的窮人，使這些窮人在困境中得到接濟。」

文章全是攻擊被稱爲利己主義和剝削階級的政敵，同時又在讚揚我姐夫的無私。

讀了這篇文章後，我被弄糊塗了，我完全瞭解關於可憐的威納齊奧先生遺產的眞相。我認爲文章可能是基基諾爸爸寫的，就對他說：

「什麼！你爸爸弄錯了……馬拉利律師要是看到這篇文章，他會不高興的！……」

「你說什麼？馬拉利是看過這篇文章的！……」

「他看過？」

「不僅看過，在寫文章之前，他還同爸爸商量過是否要寫。最後他們決定

寫，因爲馬拉利說過，他叔叔的遺囑說，把遺產留給窮人是遵循他侄子的思想。所以這篇文章在歌頌他的同時，對那些不瞭解事實眞相的人來說，將會產生非常好的效果。」

「結果他都同意了？」

「不但是同意，甚至文章的開頭一段還是馬拉利自己寫的……」

我吃了一驚，但基基諾·巴列斯特拉在選舉方面比我懂得多一點。他對我說：「你覺得好奇嗎？沒有什麼可疑惑的！你看，現在同《全國聯盟》報的辯論已經開始了，你可能聽到許多從未聽到過的事！……」

「競選的結果會怎樣？」

「噢！馬拉利很可能當選，因爲他有人民聯盟的大力支持……」

「不錯！」

說句實話，我很希望我姐夫能當上議員。

爲什麼呢？連我自己也不清楚。依我看，家裏有個議員既光彩又有好處。我想，如果馬拉利當上議員，很可能原諒我。到那時，他會非常願意帶

我去參加選舉大會，那裏，所有的人都在歡呼，連孩子也在歡呼，而且不會有誰責備他們……

「那當然好！」基基諾對我說，「越喊，大人們越高興。如果你願意的話，星期天就到科利內拉去，那兒有座大工廠，有許多工人。在那裏，爸爸喜歡聽到別人叫他們的黨萬歲。」

我挺願意去，但不知爸爸是否讓我去那兒……到時候再看吧。

三月一日

這場競選確實使我感興趣。

昨天，當我出門時，我聽見賣報的、賣溫和派報紙的叫喊聲：「請看《全國聯盟》報，先生們，請看社會黨候選人眞正的歷史！」我馬上買了一份，看到頭版的文章，逐字逐句針對著前天基基諾給我看的那篇文章。它寫道：

「我們的對手受到了應得的懲罰，但卻想從中撈取點好處。我們不得不承認，他在選舉中玩弄的策略，暴露了他過於的精明，也說明他臉皮非常厚……」

文章接著講了可憐的威納齊奧先生的歷史，說他完全不同意馬拉利律師的觀點。爲了反對他侄子的觀點，他決定剝奪他侄子的繼承權，把可觀的財產送給了城裏的窮人。

「正因爲如此，」《全國聯盟》報接著說，「我們的對手想把自己打扮成一個無私的英雄，一個利他主義的犧牲品。但實際上，他並不高興，而是相當的難受，非常的惱火。他在侮辱了他的女傭人切西拉以後，馬上就辭退了她，因爲已故的威納齊奧・馬拉利把遺產中的一萬里拉給了她。」

必須承認，文章講的都是事實。我不明白，爲什麼我姐夫這麼精明的人，竟然會讓他的對手抓到這樣棘手的材料來攻擊自己。他應該預料到這些，應該想到在場的人會把所有的情況說出去；他應該想到負責把錢分給窮人的代理人正是市長，而他也是一個保守黨人；況且，馬拉利當時還做了那麼出色的表演，這我在前面已經講過了。

但是，在競選中可以看到：撒謊對於有的政黨來說都是家常便飯。因爲《全國聯盟》也說了許多謊話，他們在另一篇文章中表現得十分無恥，無恥得簡直使我無法忍受了。

第二版有一篇文章，題目叫《宗教的敵人》，我把它抄在下面：

「據說，這一次天主教選民又要像以往那樣投棄權票。我們不能理解，在當前的鬥爭中，爲什麼天主教選民們要支持一個公開反對文明社會的基本原則，以言論和行動反對教會的社會黨人。」

報紙接著以一大段文章把馬拉利說成是無信仰的人，而我清楚地記得（我在我親愛的日記裏記錄下來的），我的姐夫同我姐姐結婚時，在教堂舉行過宗教儀式，要不然的話，爸爸、媽媽就要反對這樁婚事。

怎麼辦呢？我自己問自己，對這些捏造和污蔑的言論，我應該做些什麼呢？

保守黨報紙的這種謊言，使我非常憤怒，我昨天就在考慮，是否要去報社澄清事實。

在我看來，我有責任恢復事情的眞面目。還有，這也是一次爲我姐夫做件好事的機會，是我弄得他失去了從他所信賴的叔叔那裏繼承財產的權利。

我要馬上去找我的朋友基基諾．巴列斯特拉，他一直在注意著這場選

舉，我要聽聽他的意見。

三月十二日

今天我到基基諾・巴列斯特拉那兒，向他說了我的計畫。

他想了一想對我說：

「好主意！我們一塊兒去。」

我們約定明天上午十一點到《全國聯盟》報社去，我們將修正（基基諾認爲應該這樣說）那篇題爲《宗教的敵人》的文章。

這篇修正稿是我們一起草擬的，現在，在我睡覺前要把它重抄一遍。紙是基基諾給我的，他還告訴我寫給報社的稿子應該用什麼格式。

這就是修正稿的全文，我把它抄在日記上：

尊敬的編輯：

讀了貴報上一期刊登的題為《宗教的敵人》的文章，我感到有責任讓你們知道，文章中說的情況不是真實的。文章說我的姐夫是個無信仰者，但我可以擔保，這絕對是不符合事實的。因為我親自參加過他的婚禮，婚禮是在蒙塔古佐的聖・塞巴斯蒂亞教堂裏進行的。在那裏，他非常虔誠地表明他和其他人一樣，也是一個真正的天主教徒。

喬萬尼諾・斯托帕尼

這是我第一次爲報紙寫文章，我並不指望它會發表。

今天早上起床後，我數了一遍自己的錢，一共是七百十二里拉和一百三十五分。

當下樓吃飯時，我發現爸爸的脾氣很大，他說我不學習只想玩，還說了一些其他的話。我就不明白，他對他那一字不差，甚至連聲調也一樣的套話，怎麼就不感到厭煩。

好吧！我耐著性子聽他訓話，可是心裏卻想著我要拿到《全國聯盟》報

社去的那篇修正稿。

他們會怎樣接待我呢？

哼！不管怎樣，必須澄清事實。正如基基諾・巴列斯特拉說的，將不惜一切代價澄清它。

我們在約定好的時間來到了《全國聯盟》報社。我對我能想出這個主意感到高興。

我們進了報社，看見兩個年輕人，他們不讓我們到編輯辦公室去。一個年輕人對我說：

「小孩，走！這裏沒有時間和你們鬧著玩！」

其實他們坐在寫字臺旁也沒幹什麼事！

「我們是來送修正稿的！」基基諾嚴肅地說。

「送修正稿？什麼修正稿？」

這時，我說話了：

「你們在《全國聯盟》報上登了一篇文章，說馬拉利律師不是天主教徒。

我是他的內弟，我可以發誓這不是事實，因爲我親眼看見他同我姐姐結婚時，跪在蒙塔古佐的聖・塞巴斯蒂亞教堂裏。」

「什麼，什麼？你是馬拉利律師的內弟？啊！你稍等一下……」

這個年輕人跑到另一個房間裏，出來後馬上對我說：

「請進！」

這樣，我們就進了編輯辦公室。那位編輯的頭光禿禿的，這是他身上唯一乾淨的地方。因爲他穿的衣服上儘是污垢，一條黑領帶上也是滿是油膩，並且還有顯眼的蛋黃痕跡，給人造成一種錯覺，好像他故意在領帶上別了一個金色的別針。

不過，他倒很熱情。當他看了我的修正稿後想了一下，對我說：

「好極了！但在弄清事實之前，我們需要證據……需要檔……」

於是我對他說了整個事情的經過，也就是我在日記上描繪的情景，包括那幾頁幸好被我從壁爐裏搶救出來的日記，因爲當時我姐夫想燒掉它……

「啊！他想燒掉它？是嗎？」

「是的！那幾頁日記是粘在日記本上的。嘿！如果我沒及時粘上，事情就壞了，我就不能證明我剛才講的事實了……」

「好，已經夠了……」

《全國聯盟》報的編輯說，他有必要看一看我的日記，對一下筆跡。我同他約好今天晚上拿給他。他不僅將在下一期報上公佈我的修正稿，而且認爲必要的話，還要把我日記中描繪我姐夫結婚時舉行宗教儀式的那段也登出來……

我姐夫讀到我爲他伸張正義的文章時將多麼高興啊！那時候他將明白，這件事是我幹的。我似乎已經看到他張開雙臂擁抱我，同我和好，並且原諒了我的過去。清白將會戰勝一切謊言。

現在，我親愛的日記，我把你合上並準備和你分別一些天。我非常高興，因爲你幫我做了一件好事，用我的朋友基基諾．巴列斯特拉的話來說，就是：「用事實揭穿了所有惡意的謊言！」

喬萬尼諾．斯托帕尼

到這裏，搗蛋鬼的日記結束了，但是他的搗蛋事蹟和冒險經歷仍沒有結束。對於從事出版這本日記的我來說，至少有直接的義務講完競選的事。

事實上，我們可憐的加尼諾・斯托帕尼倒了楣。毫不奇怪，他善良的願望遭到了各方面的反對，他的種種估計從頭到尾都是錯誤的。

不錯，像許諾的那樣，《全國聯盟》報的編輯刊登了搗蛋鬼的修正稿，但是文章的提要卻表明，他們這樣做是醉翁之意不在酒。

提要這樣寫道：「馬拉利律師在城裏是個自由的思想家，而在農村卻是個宗教徒。讀了喬萬尼諾・斯托帕尼的聲明，以及他忠實描繪馬拉利同他姐姐結婚時舉行宗教儀式的日記，人們將可以看到，社會黨的候選人不過是一個蹩腳的機會主義者。且不講他在政治賭場上所施展的各種伎倆，以及在這種伎倆背後隱藏的下流的目的和野心。」

一大清早，競選失敗的消息就傳到了斯托帕尼的家中。加尼諾的爸爸收到一份《全國聯盟》報，可怕的文章是用藍鉛筆勾出來的，馬拉利在旁邊寫

了一段話：

「你的兒子已經毀了我。他使我失去了我叔叔的遺產；在職業上，他把我一件重要的事給辦壞了；從寄讀學校回來後，又毀了我的政治生命……他幹得好啊！」

風暴劈頭蓋腦地撲向可憐的搗蛋鬼……這風暴比過去的哪一次都厲害。

「但我講的都是事實！」加尼諾在突然朝他砸來的冰雹下申辯說，「我是為他好，為他伸張正義！……」

爸爸一邊痛打他，一邊吼道：

「蠢貨！無賴！小孩子不應該管他們不懂的事！白癡！流氓！你毀了全家！……」

當然，我們的加尼諾是不會懂得政治鬥爭的奧秘的。他出於純真的願望，去伸張正義，卻被有心人加以利用了。事實是：《全國聯盟》一公佈加尼諾的材料，支持馬拉利競選的那個聯盟就亂了，原來與這個聯盟聯合的其他黨也攻擊起馬拉利，使得他在選舉的那天莫名其妙地失敗了。

但事情還沒有完，《全國聯盟》和《未來的太陽》之間的辯論，不僅罵出了義大利選舉史上最骯髒的話，而且發展到大打出手的地步。一天，基基諾·巴列斯特拉爸爸的麵包店，成了溫和派和社會黨進行可怕打鬥的場所。據說，麵包店被糟蹋得不成樣子，地上到處扔的都是麵包點心。雙方互相罵著最尖刻的話，打得簡直不可開交。人們臉上儘是血跡、傷痕、巧克力的指印和紅酒……後來，雙方都向法庭提出了控訴。在法庭上，搗蛋鬼的日記成了最重要的證據。官司打完後，《全國聯盟》的編輯沒有把這本日記還給它合法的主人。後來，日記又長期地被封在法庭的檔案卷宗中。為此，人們不能不對義大利司法部門辦案如此拖拉感到驚訝。

最後，搗蛋鬼的日記是怎麼落到我手中的呢？我不想詳細說。我只想說，它幸好被一個法院門房的妻子發現了，她讀給自己的孩子們聽。我徵得了加尼諾·斯托帕尼的同意，花了許多錢，費了很大的勁才得到了這本手稿。原因是法庭不可能把這份訴訟檔歸還給搗蛋鬼本人，說他還是個小孩；

同時也不可能給我，雖然我是個大人，但卻不是日記的主人。

我一開始就說過，搗蛋鬼的冒險經歷並沒有結束。實際上，他毀了他姐夫的政治生命後，他爸爸決定把他送進教養院。基基諾·巴列斯特拉的爸爸也這樣做了。正如你們知道的，基基諾·巴列斯特拉是加尼諾送修正稿到《全國聯盟》報去的幫手。在這種可怕的威脅下，兩個孩子商量好逃走……從這時起，搗蛋鬼的另一段歷史開始了，這些我下次再給你們講……

萬　巴

國家圖書館出版品預行編目資料

搗蛋鬼日記／（義）萬巴著；思閔翻譯. -- 初版. --
新北市：華夏出版有限公司, 2023.05
冊；　公分. --（人格教養；012-013）
ISBN 978-626-7296-16-5（上冊；平裝）. --
ISBN 978-626-7296-17-2（下冊；平裝）

877.596　　112003571

人格教養 013

搗蛋鬼日記（下）

著　　作　（義）萬巴
翻　　譯　思閔
印　　刷　百通科技股份有限公司
電話：02-86926066 傳真：02-86926016
出 版 者　華夏出版有限公司
220 新北市板橋區縣民大道 3 段 93 巷 30 弄 25 號 1 樓
電話：02-32343788　傳真：02-22234544
E-mail：pftwsdom@ms7.hinet.net
總 經 銷　貿騰發賣股份有限公司
新北市 235 中和區立德街 136 號 6 樓
電話：02-82275988　傳真：02-82275989
網址：www.namode.com
版　　次　2023 年 5 月初版一刷
特　　價　新台幣 320 元（缺頁或破損的書，請寄回更換）

ISBN-13：978-626-7296-17-2